奇跡を、生きている

慢性疲労症候群になってわかった大事なこと

横山小寿々

青春出版社

はじめに

あなたは今、「とっても幸せだ」そんな風に思いながら、毎日を過ごしていますか？
そこまでではなくても「ありがたいな、楽しいな」と、心穏やかに過ごせる時間はありますか？

夫婦や親子の関係。職場でのつき合い。クラスメイトとの時間。コロナ禍により今までの常識がガラッと変わってしまった世の中。これから一体どうすればいいんだろう……。なんとなくモヤがかかっているような毎日。
多くの情報があふれ、どこか人々がギスギスとしている中、先の見えない日々に不安を抱いている人も多いと思います。

私は数年前に「筋痛性脳脊髄炎／慢性疲労症候群」（ＭＥ／ＣＦＳ）という病

気になりました。最近は、新型コロナウイルス感染症の後遺症として取り上げられることがあり、少しずつこの病気の名前をテレビやインターネットで目にすることも多くなったと思います。この病気になってからは、24時間365日、消えない倦怠感と体中の激しい痛みを感じながら過ごしています。十分な休養をとってもだるさや痛みが消えず、体は回復しません。

「筋痛性脳脊髄炎／慢性疲労症候群」（ME／CFS）は、健康な人でも突然発症することがある病気で、激しい倦怠感や強い疲労感が長く続くことが特徴です。

頭痛、筋肉痛、思考力や集中力の低下などの症状もともないます。

実は、この病気には治療法がありません。

どんな痛みをともなう治療法でも進んだ先に明るい光があるならがんばって受けられます。でも、そもそも治療法がないのだからがんばりようがありません。いくらよくなろうと自分なりにがんばっても、光は見えない……。この病気になって数年間、私は生きることに絶望していました。

でも、人はどんなにつらいことがあっても、ただ生きてさえいれば、そのうちに「生きたい気持ち」が自然に湧いてくるのです。私もそうでした。これは病気になってはじめて知ったことです。生きたい気持ちが徐々に出てきた時期に、スマホのメモ帳に書いた言葉があります。


病気のせいで、体中痛くてだるくて動けないし、どこにも行けない。

楽しいことなんてなんにもない。頭の中は苦痛なことだらけ。

仕事も、生活も、楽しみも、趣味も、好きなことも、病気はすべてを奪った。

残ったのは、布団に横になりながら天井を見つめる日々だけ。

死にたい。

いつしかそんな思いが、私の心を支配しはじめた。

体がこれ以上動かなくなる前に、消えてなくなりたい。

目の前のどこにも光はなくて、暗闇ばかり。こんな状態で生きている意味はあるんだろうか。

でも本当は、生きたい。

まだまだ生きたいと思っている自分が、最近ふとしたときに顔を出す。

娘の思いがけない成長を見たとき、カーテンから差し込む朝日を見たとき、愛犬のぬくもりを感じたとき、夫とふたりでたわいもない話ができたとき。

生きていろんなことをまだまだしたい。

死を望みながら生きたいという気持ちが強くなってきた。

私の中で不思議なことが起きているのを感じる。

時間はかかりましたが、誰かからもらったやさしさやあたたかさで、自分の中の自然治癒力が育っていきました。

意識してやったわけではありませんが、こうして、私は「生きたい」という気持ちを育てられたのかなと感じています。

そうやってなんとか暗闇を抜けた先には、今までよりもしなやかで少し丈夫になった自分がいる気がするのです。

経験してきたことはすべて財産。

私は大変なことを経験しているかもしれませんが、かわいそうでも絶望的でもありません。できないことが多くなった今も、以前と変わらずに笑って生きています。

世の中では、いろんな人が悩んだり、苦しいことを経験していると思います。私よりつらい状況の方もたくさんいらっしゃいます。

病気の人もそうでない人も、うまくいかないことがあったり、苦しみやさみしさをじっと耐えたり、しんどい状況をなんとか乗り切ったりしながら、日々を生きているのだと思います。

うまくいかないとき、さみしいとき、苦しいとき、そんなときにどういった心の持ち方をしていけばいいのか。

自分で自分のご機嫌をとったり、心を穏やかにすることができたら、日々の生活も心地よいものになると、絶望を経験してあらためて思いました。

病気になる前、私はボディケア、アロマセラピー、ヨガ、レイキなどの施術や指導を通して、多くの人の心や体を癒やすセラピストの仕事を20年間行ってきました。

さまざまな悩みを抱えたお客様や生徒さんのカウンセリングをする中で、がんばりすぎで、疲れている人が多いということを感じました。

たとえば、頼まれたことを完璧にやろうとしてしまう。自分の家庭や仕事のこともあるのに、ほかの用事も請け負ってしまう。家事や育児を一人で全部やろうとする。いつも仕事や用事でスケジュールをいっぱいにしている……。

がんばっている人ほど「まだまだがんばりが足りない」と思う傾向がありました。

どうすれば自分らしく、心地よい日々を過ごせるのか。

今の私はほとんど寝たきり状態ですが、アクティブに動けない自分でも今までの経験を生かし、悩んでいる方の心を少しでも軽くするお手伝いをしたい。カウンセリングは一対一で行ってきましたが、文章なら多くの人に伝えることができると思い、私が失敗してきたことも含め、セラピストとしての経験や病気になった今、感じたことを書こうと思いました。

ここに書かれていることは、よく聞く当たり前の言葉かもしれません。

でも、知っているだけで実行している人は少ないように思います。

私は病人です。育った環境もよいとはいえません。一人で外出もできないし、長時間座っていることだって難しいです。でも毎日「幸せ」を感じています。

病気になってそして、病気と向き合ってわかった大事なこと、しんどいときに本当に役に立つと思えた考え方など、「突然寝たきりになる」という少し変わった経験をした私だからこそ伝えられることを、本書にはまとめています。

私自身ができることだけを厳選して書いているので、きっと「これぐらいなら、私もできるかも」「書いてあることをちょっと試してみようかな」と思ってもらえるはずです。

少しでも心が軽くなっていただけたら。今、暗闇の中でつらい思いをしているあなたが少しでも生きよう、と思っていただけたら。そんな思いを込めて、この本を書きました。

一度きりの人生をどんな風に生きるかは「あなた次第」です。

この本を手にとってくださったあなたが、今までより少しでも笑顔多く、幸せな日々であるよう、心から願い、応援しています。

『奇跡を、生きている』目次

第1章

思いがけず、寝たきりになりました

第2章

自分を大切に生きる10のヒント

第3章

どんなに泣いても最後は笑って、また、ぼちぼち生きてみよう

本文デザイン…田中彩里
DTP…キャップス
イラスト…Adobe Stock
編集協力…横田緑／高比良育美

第1章

思いがけず、寝たきりになりました

ただの疲労じゃなかった「慢性疲労症候群」

「慢性疲労症候群」という言葉を知っていますか？

いつも疲れている状態でしょ、それなら私も慢性疲労症候群かも……。いいえ、それはきっと「慢性疲労」ですよ！　お疲れさまです。

慢性疲労症候群はそのようなふつうの疲労とは全く異なり、日常生活が送れないほどの重い疲労感や倦怠感が長期間続く病気です。
そのつらさは、末期ガンに相当するともいわれているほど。しかも、ふつうの疲労感なら、ゆっくり休めば回復しますが、慢性疲労症候群の場合は、たとえ安静にしていようが、十分な休息や睡眠をとろうが、疲労が解消されることはありません。

ほかにも、微熱や睡眠障害、頭痛、ブレインフォグ（頭にモヤがかかったような状態）、めまい、立ちくらみといったさまざまな症状が現れ、また、多くの場合、記憶障害や、思考力、集中力の低下など、認知症に似た症状も見られます。

最近では、新型コロナウイルス感染症の後遺症が、慢性疲労症候群の症状に似ている、ともいわれています。

国内の患者の推計数は約36万人。感染症による脳の神経細胞の炎症が指摘されていますが、いまだはっきりとした原因はわかっていないそうです。治療法も確立されておらず、専門医も少ないため、慢性疲労症候群の患者を診られる病院も限られています。病院が一つもない県もめずらしくないのです。

「慢性疲労症候群」という名称には問題があるといわれています。

この病名のせいで、ふつうの慢性疲労と混同されやすく、多くの患者さんが「さぼっているのではないか」「怠け者なのではないか」などと思われ、誤解や偏見にさらされているからです。

厚生労働省も２０１６年に、慢性疲労症候群という呼び名を変更して、「筋痛性脳脊髄炎／慢性疲労症候群」（略してＭＥ／ＣＦＳ）を正式な病名に定めました。本書では従来の慢性疲労症候群という病名で話を進めていきます。

慢性疲労症候群についてこのようなことを、私が書くようになるとは思ってもみませんでした。

休む暇なく仕事に、家事に、めいっぱい忙しく動きまわってきたこの私が、ある日突然、原因不明の激痛に襲われ、そして、２年後にはほとんど寝たきりの生活になっていたのです。

楽しんできたのは、余白なしの人生

生まれつきせっかちな性格の私。病気になるまでは、いつも動きまわって、忙しくしていることが大好きでした。

忙しいことは、私にとっては楽しいこと。だから、スケジュール帳はいつもぎっしり、余白なんてものはありません。

何かやりたいことがあったら、即、行動！　実行！　舞台に、映画に、ミュージカルに、コンサートに、観たい、聴きたいと思ったら、夫と娘を誘ってどこへでも出かけたものです。いろんな人と出会うことや、心を潤すような芸術作品を観たり聴いたりすることが、元気の源になっていました。

また、興味を持ったものは、習わずにはいられませんでした。大人になってからだけでも、通った教室は漫画、二胡《にこ》（中国の伝統的な弦楽器です）、茶道、ファンクダンス、少林寺拳法、ベリーダンス……と多岐におよびます。
劇団四季の「舞台で踊って歌おうレッスン」に、夫と二人で参加したこともありました。

仕事も家事も大好きでした

このようなお話をするとすごく元気な人に思われるかもしれませんが、実は、もともと体が丈夫なほうではなく、3歳の頃から頻繁に高熱を出していました。15歳のときには、扁桃腺の切除手術のあと、傷口が開いて肺や胃に血が溜まってしまい、医師から「病院に来るのが、数時間遅れていたら死んでいた」と言われたこともあります。大人になってからも、原因不明の高熱で入院することが多々あり、「子宮に問題があるので子どもは諦めたほうがいい」と医師に言われました。

小さな頃から病気で苦しい思いをしていた時期が多かったため、大人になって体力がついてから、アクティブにいろんな経験をしたかったのです。

病弱な体に幼い頃からずっと悩まされてきたので、なんとか丈夫になりたくて、心身の健康についても夢中で勉強してきました。学んで得た知識と技術を実践することで、少しずつ健康な体に変わっていくことができたと思います。

こうして自信がついた私はほかの人たちの役に立ちたい！　と思い、ついには「体のケア」を仕事にし活動しはじめました。体の調子をよくすることで一人ひとりの心の中にある葉っぱがぐんぐんと育つように、と思いを込めた「心の葉〜konoha〜」という屋号をお店につけ、Happy Life コーディネーター・セラピストとして、健康になるための施術やカウンセリングを行うようになったのです。

はじめはマッサージなどのボディケアのみでしたが、体のケアだけでは改善されない症状もあります。そこで、心のケアのためにアロマセラピーやレイキ療法（手のひらから発する癒しのエネルギーをもちいた療法のこと）なども取り入れ、さらに、施術だけでなく、ヨガなどの教室も開始しました。

しんどそうだった方が施術後やレッスン後には晴れやかな笑顔になって、「ありがとうございます！」と元気に帰っていかれる……。その姿を見るのが、最高にうれしくて、大好きでした。セラピストの仕事を天職だと思っていたのです。

仕事だけでなく、掃除や料理などの家事も好きでした。毎朝毎晩掃除をして、いつも家中ピカピカ状態。毎日楽しく夫のお弁当をつくっていました。自宅の一室を仕事場にしていたため、綺麗にすることが習慣になっていて、掃除に関しても負担に思ったこともなかったのです。

◌家族について

ここで、家族のことを簡単に紹介させてくださいね。我が家は、私と夫と娘に愛犬の四人家族。

夫は3歳年上の会社員。とてもやさしくて、マイペース。料理が上手で、風水師や西洋占星術師、行政書士などの資格を持っています。いろんな知識があり、天然で面白い人です。

中学生の娘は幼い頃から絵を描いたり、人前で踊ったり、おしゃれをするのが大好きで、夫に似てとてもやさしい子。周囲の人を自然と笑顔にする不思議な力があります。私が病気になる前からよくお手伝いをしてくれました。

そして、カニヘンダックスフンドの女の子、ロビンは、やんちゃなのに怖がりで甘えん坊。いつも家にいる私の心を明るくしてくれています。

笑いの絶えない家族であり、「スペシャルチーム」です。

実は、私の両親はいろんな問題を抱えていたため、父はよく暴れていましたし、母からは攻撃的な言葉を言われるのは日常的なことでした。

両親は、私にあたたかさや安心感を与えてくれる存在ではなかったのです。

私が子どもの頃から望んでいたことは、「世の中でひとりでもいいから、私の味方になってくれる人と出会いたい」というものでした。

夫と、そして娘に出会ったことで、この望みが叶いました。二人はどんなときも、いつだって私の味方になってくれます。

私はそんな家族との暮らしを大切にし、毎日がとても幸せだったのです。

ある日、フライパンが持てなくなりました

仕事に家事に忙しく過ごしていたある日のことです。突然、体中の筋肉が痛みだし、フライパンを持とうとしたら床に落としてしまいました。

「え？　なんでかな、筋肉痛になるような運動していないのに……」

筋肉の痛みだけでは終わりませんでした。すぐに高熱が出たのです。私は、てっきりインフルエンザにかかったのかと思いました。インフルエンザでも高熱が出て、関節が痛んで、頭がぼんやりしますよね。その状態が長く続いたのです。

一体どうしたんだろう？　不安になったけれど、数日たてば治るだろうと、いつものように生活していました。

ところが、数日たっても治る気配はなく、しだいに首や肩がハンマーで叩かれ

ているように痛みだし、日の光や電気の光を見るだけで、目が刺されたような痛みを覚えるようになったのです。

高熱は治《おさ》まったけれど、微熱が頻繁に出るようになり、四六時中、鉄の鎧《よろい》をつけているかのように体が重くてしかたありません。どこかへ出かけても、歩くたびに筋肉の痛みが増していき、そのあとは疲れきってしまい歩けなくなるのです。日によっては、朝起きだして、一歩踏み出した瞬間にかかとに激痛が走って、両手がこわばり、全身が激しい痛みに襲われます。手が震えだすときもあり、あまりの痛さに、夜寝ていても目が覚めてしまうほどです。

そのため熟睡できず、睡眠不足からうたた寝しては、痛みで意識が覚醒するということをくりかえしていました。そんな日が続く中で、徐々に記憶が曖昧になっていったのです。

痛みで眠れない日が続き、運よく眠れても、悪夢というかひどくリアルで疲れるような嫌な夢を見続け、朝目覚めたときにはぐったりと疲れ果てています。しだいに起き上がる元気もなくなっていきました。体がひたすら布団にめり込んでいく感じがして、上体すら起こせません。そのような日には、何もできずにほぼ寝たきりの状態になってしまうのです。食欲は低下し、目は渇き、ときには唾液の量が極端に減って、喉が痛むほどカラカラに渇くこともあります。

何よりショックだったのが、記憶力の低下でした。

私は記憶力だけには自信がありました。生徒さんやお客様の誕生日はすべて覚えていましたし、お客様が前回見えたときの状態は細部にいたるまでしっかり頭に入っていました。また、本を読んでいて、気に入ったフレーズに出合うと、すぐに暗記できたものでした。

なのに、今日が何曜日なのかわからないし、ほんの数十秒前まで自分がしていたことも思い出せないのです。

本を読んでも内容が全く頭に入ってきません。

薬を飲んだことを忘れて、また飲んでしまうし、何かやろうと不自由な体で立ち上がったときには、その何かが思い出せなくなっているのです。

このときは、若年性の認知症を本気で疑いました。

病名がつかないという苦しさ

何軒もの病院を訪れ、そして何回も検査を受けました。

血液検査、脳のＣＴスキャン、認知症のテスト……。けれど、いくら検査をしても異常が見つかりませんでした。

発熱やひどい痛みなどの症状は確かにあるのに、検査で異常が見つからないので、どの病院でも何の病気かさっぱりわからないのです。

そんなときに多くの医師が使う便利な決まり文句が、「気のせいでしょう」と「ストレスでしょう」でした。

何人もの医師から私もこのセリフを聞かされてきたことでしょう。

でも、精神的なものやストレスが原因で、ハンマーで打たれるような痛みは現れるのでしょうか。鉄の鎧をつけたかのような重さを全身に感じたりするでしょうか。数十秒前にやったことを忘れるような突発的な記憶力の低下や微熱が、何カ月も何年も続くでしょうか。

ストレスが原因で同じような症状が出たとしても、休んだり気分転換したり、ストレスに対処できれば軽減されていくと思いますが、私の体は違ったのです。何をしても症状は悪化するばかりでした。

私は「気のせい」「ストレス」と言われるたびに、苦しさを医師にわかってもらえないことに怒り、いらだち、そして、最後はいつもガッカリと悲しくなりました。

ウォーキング、ヨガ、筋トレ……。よくなりたい一心で、体によさそうなことを一生懸命やってみました。でも、がんばるほどに症状は悪化して、ある朝、全く動けなくなっていたのです。手を上げることも、寝返りを打つこともできない。とにかく体が重くて、重くて、数センチも動かせないありさまでした。

私はとうとう寝たきりになってしまい、この先、もうどうすればいいのかわかりませんでした。

その間も、病名がわからないまま、この病状が進んでしまうのではないか？

という不安に気持ちは休まらないままだったのです……。


病名がわかってから知ったのですが、慢性疲労症候群は早い段階で診断を受け、安静を心がけるようにすれば、重症化が防げるともいわれています。

でも、先にお伝えした通り、この病気は診断できる医師の方が少ないため、多くのケースで病名がわからない状態に陥ります。そのため、患者さんの多くは、私のように「きっと、これは精神的なものなんだ」と、無理して動いてしまうのだと思います。その結果、疲労がさらに蓄積されて病状が進行することになるのです。


もし、もっと早い時期に病名がわかっていたら、私も安静でいることを心がけていたのに。そうすれば、ここまでひどくならないで済んだはず……。

それを考えると、今でも悔しいですし、悲しい気持ちになります。

終わらない！ドクターショッピング

診断を受ける前の私は「もしかして今日は病名がわかるかもしれない」と、かすかな望みを持って、重たい体を引きずっては次々に病院を「梯子《はしご》」していました。

ただ、病院に行った翌日からは、たいてい数カ月間寝たきりの状態になってしまいます。それでも、ドクターショッピングを続けました。続けるしかなかったのです。2年間というもの、暗闇の中をあてどなく歩いているような、底知れぬ不安と恐ろしさに悩まされ続けました。

最初に行ったのが、脳神経外科でした。首や肩、頭の激痛のために飲んだ痛み止めが全く効かなかったので、脳に問題があるのではないかと思ったのです。

けれど、脳のCTスキャンをとっても異常は見つかりません。

そのあとは、筋肉の激痛があるからと、整形外科へ行き、膠原病を疑って、内科の門を叩き、認知症やリウマチを疑ってそれぞれの専門医にも行きました。

ある病院では内科から麻酔科へまわされたこともあります。「痛みを止めたいなら、麻酔科に相談しましょう」と。それよりもどうしてこの痛みが発生しているのかという根本的なことを考えてほしかった。

そして、どの病院でも医師は困ったような顔で「気のせいだろう」「ストレスだろう」と言うのでした。

いろいろと自分でも調べていくうちに「慢性疲労症候群」という病気があると知ったので、言うだけは言ってみようと、医師の前でこの病名を口にしたことがあります。すると、

「そんな病気はない！　慢性疲労だって？　みんな疲れてるんだよ。そんなこと

を言って、旦那さんが気の毒だろうが！」
大声で怒鳴られたのです。

夫に迷惑をかけてることは、この私が一番わかっているのに！悲しさと悔しさで涙があふれたことは、忘れたくても忘れられません。

夫が見つけてくれた〝きっかけ〟

精神科の受診をすすめる医師も何人かいました。「鬱じゃないかな。メンタルクリニックを紹介するよ」と。

けれど、自分が鬱ではないことを私は断定できます。

私はやりたいのにできないのです。あれもこれもやりたいとやる気はあるのに、痛みやだるさで動けません。

そのつらさをどれだけ訴えても、受け止めてもらえませんでした。もし私が鬱病だとしたら、働きたくて、やる気にあふれた鬱病患者ということになってしまいます。明らかに矛盾しています。

実は私の母が躁鬱病だったため、幼い頃から付き添いで病院に通っていました。そのこともあって、自分の症状は鬱病の症状とは違うとわかったのです。

発症してから2年ほど経ったあるとき、夫が「やっぱり、母ちゃんの症状、慢性疲労症候群に全部当てはまるよ」と言ってくれました。

私が、以前医師に「そんな病気はない」と言われた病気。

否定されてからは、自分で調べる気力はなくなっていました。でも夫は諦めずに調べ続け、診察してくれそうな病院を探しだしてくれたのです。

私、やっぱり病気だったんだ！

夫が必死で調べてくれたものの、私の住む地域には、慢性疲労症候群を診られる医師がいませんでした。意を決して、遠方の病院に行かなくてはなりません。病院に行くだけで大げさな……と思われるかもしれませんが、私の場合、近くの病院へ行くだけでも病状が悪化して、下手をすると、その後、数カ月間寝込んでいました。病院に行くのになんだかおかしいのですが、遠くの病院へ行くにはまさに「決死の覚悟」が必要です。

慢性疲労症候群を診てもらえる病院は、家から高速道路を使って2時間ほどのところにありました。

日の光で目が痛むので光を防ぐためにアイマスクをし、さらに、騒音がすると耳がキンキンと痛むため耳栓をして、夫が運転する車に乗り込みました。後部座席に横になっていても、体中が痛くて冷や汗が出てきます。

病院に着いた頃にはぐったり。待合室でも体を丸めて横向きに寝ていました。私ではうまく応答ができないため、夫から症状やこれまでの経緯を説明してもらった上で、診察を受けました。

「慢性疲労症候群ですね。今まで大変でしたね」

医師にそう言われ、この痛みやだるさは病気なんだとわかり、ほっとして涙がでました。やっぱり病気だった、気のせいなんかじゃなかったんだ、と。

病気とわかってほっとするなんて、変かもしれません。しかし検査をしてもわからない不調がずっと続いていたので、病気であることがはっきりしてうれしかったのです。

それまでの医師が口にしていた、気のせいやストレスではないことがわかり、自分の感覚が間違っていなかったことをやっと認められた気分でした。

それから、ここにくるまでのいろんなやりとりや月日に、いいようのない気持ちがこみあげてきました。慢性疲労症候群では、体を動かすことが病状を悪化させるといわれています。それがもっと早くにわかっていれば、ここまでひどい状態にはならなかったはずです。

慢性疲労症候群という診断を受けるまでに2年以上が経過していました。

「病名探し」をして思ったこと

実際、私は病名がわからないままドクターショッピングを続けているうちに、病状を悪化させてしまいました。そのような方がひとりでも減るといいのですが、現状は厳しいままです。

慢性疲労症候群の専門医は、当時私が調べたときは日本中で10人いるかいないか。今は少しずつ増えていますが、診断のできる病院がない県も、まだ多いようです。

ふつうの病気では、具合が悪くなったら病院に行きますが、この病気では、少し具合のよいときにしか外出できません。具合が悪ければ動けませんし、無理して出かければ病状がさらに悪化して、たいてい数カ月間寝込むことになってしまいます。

この病気になってしまった経験者からアドバイスをするとしたら、微熱が続いたり、長期にわたる体の痛みや尋常でない体のだるさを感じたら、まず慢性疲労症候群を疑ってください。そして、ネットでも何でも利用して、少しでも早く診断してくれる病院を探しましょう。

間違っても、「気のせいだろう」などと勝手に自分で判断して、少しくらい痛くても我慢しよう、まだ動けるから仕事を続けよう、などと思わないことです。そして、家族などまわりの方たちも、本人がゆっくり休める環境を整えてあげてください。

私のように「病名探しで悩む人」がひとりでも減ればいいなと思っています。

「死への気持ち」を変えてくれたもの

診断が遅れたせいで、病気が進行してしまったとはいえ、ようやく病名がわかったのです。なんらかの治療が受けられるはず、この苦しみから完全とはいわないまでも、かなり解放されるはず。そう思っていました。

でも、すぐに絶対的な治療法はないこと、さらに痛みやだるさをとる薬すらないことを知りました。確実に家族に迷惑がかかる、それなら、自分なんていないほうがいいと思いました。

24時間、消えることのない痛みやだるさを抱えて、このまま一生を過ごさなければならない……。かすかな希望の光もかき消されて、私は毎日のように、死んでしまいたいと思うようになり、しだいに鬱状態になっていきました。

今までも苦しくつらいときがたくさんありましたが、この病気になってはじめてひどく落ち込み、いつも能天気な私しか知らなかった娘は、私の落ち込む姿にきっと驚いたと思います。

死について夫と娘と話し合いました。
夫は泣きながら「生きていてほしい」と言っていました。
でも娘はキリリと力強く「母ちゃん、まだやりたいことあるでしょ？　小説だって書きたいんでしょ？　絵も一緒に描いていこうって言ったよね。私が変えるから！　大丈夫だから。死んだら何もできなくなるよ!!　私は世の中を変える！　この病気のことをたくさんの人に知ってもらおう！　わかりやすく絵本を描くよ。いろんな人に見てもらいたい。まずは知ってもらうことが大事だよね。今まで母ちゃんにたくさん元気や幸せをもらってきたから、今度は私が母ちゃんを幸せに、笑顔にするよ」と、言ってくれたのです。

当時小学校6年生の娘が、画用紙に下書きをしてタブレットを使い絵を描き、文章をつけたして、オリジナルの絵本をつくってくれました。

黙々とひとりでつくっている姿を見つめ、強く立派に育っているなぁと心があたたかくなりました。すごいな、かっこいいな、と思いました。

タイトルは「大好きなママ」。本書にも掲載（47ページ〜）しています。

出来上がった絵本を娘が学校へ持っていき、先生に見てもらったり、少しでも多くの人に病気を知ってもらおうと行動してくれました。

「全然役に立たないかもしれないけれど、でも動かないでいるよりはいいよね」

そんなふうに言う娘。いつも穏やかでやさしい娘がわたしのためにがんばってくれたんだなぁ。絵本を読むと言葉が出ずに涙が出てしまいました。

そして、どんなかっこ悪い姿でも生きていこうと、娘のおかげで思ったのです。

◌娘の絵本がターニングポイントに

「とにかく多くの人にこの病気のことを知ってほしいから、母ちゃんのnoteやTwitterでも、この絵本を公開してほしいな」

娘に言われ、寝たきりでも何か発信したいとはじめたnoteで、私の思いと娘の絵本を載せました。

知り合ってくれた方々に読んでもらえたらうれしいと思っていたのですが、読んでくれたやさしい方々がシェアしてくださり、ありがたいことに多くの反響をいただいたのです。

「こんな病気があることをはじめて知ることができました」

「娘さんの気持ちに涙が溢れました」

「この先も生きてください」

などと、いろんな方からコメントやメッセージをいただき、びっくりし、うれしく思いました。

つらいことがたくさんで希望も未来も見えなかった自分に、娘があたたかい光をくれ、素敵な方々との出会いもプレゼントしてくれたのだ、と今も感謝の気持ちでいっぱいになっています。

この絵本を娘が描いてくれたおかげで、私の中で気持ちが明るいほうへシフトしました。この出来事はとても大切なターニングポイントだと思っています。

病気と生きていく

人間には体だけでなく、心にも自然治癒力が備わっているんだ。今、心からそう思います。死ぬことしか考えられなかった私でしたが、娘がつくってくれた絵本を見たあとから「いろんな人の力を借りて、この体でも生きていこう」少しずつそう思うようになっていきました。この病気とともに生きていこう、と。

慢性疲労症候群には、今のところ確立した治療法がありません。ですが、よくなる方法がなくても、これ以上悪くならないようにすることはできます。というか、私にはなんとか悪化を抑えることしかできません。

寒暖差がダメ。日の光を浴びすぎるとダメ。うるさいとダメ。匂いや悪臭がダメ。長く座っているとダメ……。私にはたくさんの「ダメ」があります。

これらすべての「ダメ」を完全に排除することは不可能です。でも、鬱状態からなんとか抜け出した私は、完全ではなくても、できる限り用心して「ダメ」を避けるようにしました。すると、寝込む頻度が低くなってきたのです。

　そこからは、横になる時間をしっかりとって体力をためておいて、自分のできることだけをやれるペースでやることにしました。布団の上でスマホで小説を書いたり、絵を描いたり、本を読んだり、Twitterでつぶやいたり……。

　やれることよりもやれないことのほうが多いけれど、それでも、私にはやれることがまだある！　数少ない「やれること」の一つひとつを丁寧にこなしていこうと思いました。

　たくさんのことを次々にこなしていた頃よりも、できることは少ないけれど、少ないぶん、じっくりと楽しめたり、没頭することができています。健康な頃に比べて何をするにも大変な時間がかかります。それでもへこたれないで、でも、「がんばらないで」続けようと思っています。

　調子のいい日には、布団から出ることもあります。

　支えてもらいながら階段を上がるだけでも、私にはまるで「登山」です。息苦しくてうまく呼吸ができません。脚が痛んで、階段を一段分上がるのにもひどく時間がかかります。

ちょっと歩いただけで、マラソンをしたようにへたばります。

喉が詰まった感じがして、小さな声しか出せません。

消化器の機能が低下していて、少し食べただけで、ひどく胃がもたれるため、お腹が空いていても、ほんの少ししか食べられません。

握力はわずか2〜4。フライパンを持つのは、重いバーベルを上げるようなものです。このような調子なので、自分の体といまだにうまくつき合えていません。

それでも、私は今、とても穏やかな気分で毎日を過ごしています。「病気」だとわかったことも大きかったと思います。こんなに苦しいのも病気だからだよね、と自分を納得させられました。これは病気なんだ、と思うことで、私は自分の心と折り合いをつけられたように思います。

娘がつくってくれた絵本

大好きなママ

ママ、ママ、わたしの大好きなママ！
いい香りがして笑顔が素敵なわたしのママ！

一緒にお出かけ
一緒に食事
ママといるとどんなときでも楽しいの！

これからもずっとずーっとママと一緒に
楽しく過ごせますように！

ある日突然、ママが
筋痛性脳脊髄炎（慢性疲労症候群）という病気になった

ママ、ママ、わたしのママ
いつも泣いてるの
「死にたいよ、死にたいよ」って言ってるの

それからママは寝たきりになった

この病気は、病院へ行っても
治し方がわからないんだって
それに全然知らない
お医者さんもいて、
「こんな病気はない！」って言うの

３６５日24時間
体がものすごく痛くて
歩くことも難しい
でも　見た目は健康な人と同じだから
車椅子に乗っていると、
インチキだ！　って言われる

ママはとってもつらいのに
誰も知らないの
誰も理解してあげないの
暗闇にひとり
ママは泣いてる
あの笑顔のママはどこにもいない

ママ、ママ、わたしのママ
もう一緒にお出かけできないのかな？
もっともっとたくさん楽しいことしたかったのに
もう無理なのかな？

ママ　ママ

ううん　無理じゃない
ママがわたしを笑顔にしてくれたように
わたしがママを笑顔にするよ
もっともっと　これからも楽しく過ごすんだ！
わたしにできることは何でもやるよ！
もっともっとみんなに知ってもらう
もっともっとみんなに理解してもらう！

だからみんなも
みんなにできることをやってほしい
もっともっと　みんなに広めてほしい
見た目にはわかりにくいけど、
こんな病気もあるよって
理解してほしい

ママ、ママ、わたしのママ
これからいろいろなことが待ってる
嫌なことだってそのなかにはきっとあるよ
でもね　楽しいことやうれしいことだってある
みんなが支え合って
みんなが笑ってくらしてる
少しずつ　進んでいこう
幸せなみらいに

娘がつくった絵本を最後までお読みくださり、ありがとうございました。
いかがだったでしょうか。

「絵本をつくって、読んでもらう」「絵本を通して病気を知ってもらいたい」と、まっすぐな気持ちで、新しいことに挑戦している娘の姿に、私はいろんなことを教えてもらいました。

そして、娘のつくった物語が、私の心を強くしてくれました。

慢性疲労症候群に苦しんでいる方は、今も多くいます。

少しでもこの病気のことを知る方が増え、病気を取り巻く状況が変わってくれればと、願ってやみません。

〝当事者〟になってはじめてわかったこと

振り返ると、この病気の痛みが今までの痛みと違うことをはっきり意識したのが、２０１７年の春だったと思います。しばらくはなんとか車の運転もしていましたが、２０１９年には、体力もなくなり、今ではほぼ寝たきりの生活になりました。

今も、痛みに耐えてがんばれば、距離は短いですが歩けます。歩いたあと、激しい痛みと強い倦怠感に震えながら耐え、長い間寝込み、さまざまな病状が悪化することを受け入れるなら、もっと長い距離も歩けます。でも、それらを受け入れる気力と勇気は私にはありません……。

それでも、歩かずにいると筋力が落ちてしまうので、体調と相談しながら、歩けるときは歩くようにしています。

このような体調のため、家の外では車椅子での移動が楽です。ただ、我が家の車椅子は、背もたれはあるけど、ヘッドレストがついていません。自分の力で首や頭を支えなければならず、すぐに首や肩の痛みが増し、頭痛も強くなります。

そのため、長時間の外出は難しいのです。リクライニング機能があるような車椅子なら、もう少し楽だろうなと思います。


そして、車椅子で外出するようになってはじめて気づかされたのは、街は車椅子の人間にとって快適な場所ではなく、弱者にやさしくつくられているわけでもないということでした。

たとえば、歩道やショッピングモールなどの床も、こまかな凸凹だらけです。

そのせいで、車椅子がガタガタと上下左右に揺れて、その振動が頭にビンビン響くのです。何もしなくても脳内はガンガンしているのに、この凸凹のおかげで脳内ガンガンは一層酷くなり、少し出かけるとグッタリします。

車椅子の人はみんな、このガタガタと揺れる苦痛にじっと耐えて外出していたんだと、実際に車椅子に乗って知りました。

しかも、驚いたことに、街には車椅子で入れるお店はあまりありません。パン屋さん、可愛いカフェ、ケーキ屋さん……。お店に入りたくても、入口が狭すぎたり、段差があったりして、車椅子で入れません。ここの店もダメ、あそこの店もダメかぁ〜と、ダメの連続でどんどん気持ちが沈んでいきます。

ガタガタという振動に耐えて出かけても、入れるお店は少なく、なんだか社会からのけ者にされているようで、さびしい気持ちになってしまうのです。

難しいことは多々あることを承知で、もう少しだけ言わせていただけるなら、社会福祉の制度や運用にも改善してほしいところが、たくさんあります。

自治体にもよるそうですが、その多くでは、慢性疲労症候群の患者さんが障害者手帳をもらうのは大変だと聞きます。実は、私ももらえていません。

手帳を取得するには都道府県知事などに指定された医師の診断書が必要ですが、なかなか診断書がもらえないのが実情です。私も頼みにいったことがありますが

「慢性疲労症候群？　ん〜わからない病気だから手帳は難しいよ」と、苦労して集めた病気の資料を見てもらえませんでした。

しっかり手帳をもらえるように書類を書いてくれる医師もいますが、自宅から離れているため、まだ診察に行くこともできていません。

私の場合は本当にありがたいことに、食事の支度や買いものなどの家事や、入浴などの介助も夫と娘が引き受けてくれているおかげで、障害者手帳がなくてもなんとか暮らしていけています。家族にいつも感謝の気持ちを伝えていますが、やはり申し訳ないという気持ちが常に心にあるのです。

でも、身近に手助けしてくれる人がひとりもいない方も当然いますよね。痛みとだるさで立ち上がることも、歩くこともできないというのに、どうやってひとりで生きていけばよいのでしょう。家族がいても心細いのに……。この病気が早く認知され、今不便な思いをしている方が少しでも楽になることを願っています。

「ヤングケアラー」という言葉

また最近よく耳にするヤングケアラーという言葉についても、お話しさせてください。

ヤングケアラーとは、家族に障害や認知症などケアを行う必要がある人がいる場合に、大人が行うような家事や家族の世話、介護などをする18歳以下の子どもを指します。ニュースや書籍でも取り上げられ、最近、さらに話題になっているように感じます。

私はこの「ヤングケアラー」という言葉を聞くたびに、心が苦しくなります。私が病気のため、娘に負担をかけているからです。

「子どもが家族のケアで大変な思いをしている」という情報だけが入ってくると、

ケアをしてもらっている側の人間は、とてもプレッシャーを感じます。

病気になりたくてなったわけではない。子どもに迷惑をかけたいわけじゃない。

きっと、病気の当事者が、一番そう思っているはずです。

ヤングケアラーへの支援そのものを反対するわけではありません。大変な思いをする子どもたちが減ってほしいと、心から思っています。

だからこそ、問題だけを取り上げて大げさに騒ぐのではなく、ヤングケアラーが生まれないように、手助けが必要な人をサポートできるしくみができてほしい。

そのきっかけとなる報道になってほしいと、思うのです。

どんなときでも、「どうしたら問題を解決できるのか？」と、しっかり考え行動していくことが大事だと、自分のことも振り返っています。

生きる力をくれた「家族会議」

私が病気で倒れたことは、家族にとっても一大事でした。

これまで家事のすべてを担ってきた人間が動くことができず、自分のことさえできなくなってしまい、しかも、はじめの頃は病名すらわかっていなかったのです。体中が痛くて少しも休まらない毎日です。本当にしんどくつらい時間でした。

このような家族の危機と試練を乗り越える大事な場となり、私に生きる力をくれたのが、娘が生まれる前からやっていた「家族会議」でした。

私が病気になる前から、我が家では週末に家族会議を開き、一週間の出来事やお互いの予定を伝え合うことをしていました。今は、夫や娘が私の気持ちを理解しようと、頻繁に家族会議を開いてくれています。

最初の頃は思考がまとまらず、何をどう話していいのかうまく伝えることができませんでした。高熱が出ているときのように頭が重い状態が続いていたので、家族が言うことがうまく理解できないときもありました。

記憶力が低下しているため、何をどう話したかはしっかり覚えていませんが、できるだけ本音を話すようにしていたと思います。

私の心の中にあった「死にたい」という気持ちも、ここで言うことができ、お互いに思っていることをしっかり伝え合いました。

楽しい話ばかりではありませんでした。でも、本音の話し合いがあったおかげで、私は自分が本当にしたいことを知り、そして、夫と娘が私のことを心から応援してくれていることを知ったのです。

家族会議の時間があったからこそ、この先もいろんなことに挑戦して、楽しみながら生きていきたいな、と思えるようになりました。

自分の苦しい思いを隠したまま、そして、家族の本当の気持ちも聞かないままで、ただ我慢していたら、今の私はいないと思います。本当に家族に感謝しています。
今、家族会議では、娘がノートを開き、みんなの意見を書いてくれます。私ができないこと、これをすると病状が悪化すること、家事の分担や買い出しについてなど、細かいことも含めて毎週話し合いました。今までとは違う生活をどのように過ごしていこうかと、試行錯誤しながら、新しい生活をつくっていったのです。

いまだに、夫にも娘にも、迷惑や負担をかけてしまっていると罪悪感で心がいっぱいになるときがあります。頼れる親や親類が近くにいないため、すべて家族3人でどうにかしていかなければならないからです。

病気になってからの家族会議は、私のできないこと、これからの生活についてが主な内容でしたが、時間が経つにつれ、やりたいこと、行ってみたいところ、この先こんなふうにしていきたい、と話し合う内容が明るくなっていったのです。

どんなときも話し合いの時間を持つことで物事がスムーズに進むことを身をもって実感しました。

「激甘酢飯」と「伝え方」

家族会議を何度もしていても、いろいろとがんばってくれている家族に「こんなところを変えてほしい」と、伝えるのは難しいものです。

私は、最初に「いつもありがとう」とか「あのときは助かったよ」などと感謝の言葉を伝えて、それから改善してほしいところ、変えてほしい点を率直に話します。このとき、「あなたを傷つけるつもりはないし、文句を言っているわけでもない」ということもちゃんと伝えています。

そして、思わず口調がキツくなってしまったときには、しっかりと謝ることにしています。こうすれば、意見が違うからといって、相手を否定しているわけではないことがわかってもらえるはずです。

とはいえ、うちの夫は結構傷つきやすいタイプなので「どんなふうに言ったら傷つかないかな?」と、伝え方をあれこれいまだに考えてしまいます。結局、たいていの場合、私はストレートに言ってしまうので、それで夫がしょぼんとしてしまうことも……。

先日、こんなことがありました。夫がつくってくれた酢飯がとても甘かったのですが「甘かった！　甘すぎる！」と言うのはつくってもらっているのに失礼だよな〜。そう思ってしまい、「美味しい、美味しい」と、いただいたのです。

別の日、また夫が酢飯をつくってくれていたので「今回はお酢増し増しで、お願いします！　お酢をたっぷり使っていいよ！」と、伝えてみました。私としては甘くなるのを予防するために言ったのですが、できた酢飯は、なぜかまた、激甘だったのです……。

「お酢を増してね」と言われた夫は、「よし！　リクエスト通り、お酢を増そう！でも、酸っぱくなりすぎてもいけないよね……」と、砂糖も同量かそれ以上増していたそうで、「激甘酢飯」ができあがったのでした。

これには、あまりの甘さに娘も絶句。「父ちゃん、味見してないよね？　ものすごく甘いよ」やさしく言ってくれたものの、夫はやっぱりしょんぼりしてしまいました。

「いや、意地悪じゃなくて、前回も甘くてさ、でも甘いから砂糖少なめにしてって言ったら傷つくかなぁっと思ってお酢多めにしてねって言っちゃったの。でもこれじゃあ言いたいことが伝わらなかったよね。ごめんね」

私が謝っても夫は「美味しくつくれなくてごめんね」と、数時間いじけていました。

たかが酢飯、されど酢飯。

最初から私が正直に「甘かったよ」って、伝えていたらよかったね。いつもは、あんなことこんなことを真面目に話し合っているのに、酢飯でもめてるね！

家族で酢飯の話ばかりしていたら、なんだか「なんでこんなことになったんだっけ？」とおかしくなり、こみあがってくる笑いを我慢できなくなる私。最終的にみんなで大笑いして「これからは思ったことを正直に言い合おうね、酢飯でも！」と、話がまとまりました。

相手のことを思い、つい遠回しに言ってみたり、言うのを躊躇《ちゅうちょ》してしまうときがあります。でもやっぱり真実をちゃんと伝え「自分はこう思っているんだよ」と言うのがベストだと実感しました。家族会議に日々救われている私です。

「見た目だけでわからないもの」の話

元気だった私が慢性疲労症候群になって思ったことがあります。

それが、〝人の抱える本当の苦しさやつらさは「見た目」ではわからない〟ということです。


ずっと高熱が出ていて頭が働かず、体中だるくて痛い。まるでインフルエンザにかかったような状態がずっと続いている。

それが、わたしの病気（慢性疲労症候群）の症状です。

遠慮なく言えば、とってもしんどいです。つらいです。痛いです。でも、自分も気が滅入ってくるので「しんどい、つらい」と言い続けたくない。SNSなどでは、何か少しでも楽しい気分になるような言葉を発信しています（たまに痛いよー！　しんどいよー！　と、言ってしまうときもありますが）。

ときには、病院に行かなくてはならないこともあります。そんなときは、必死の思いで外出。外出のあとは寝込むことをわかった上で、出かけています。病院へ行くのも、体のケアを受けに外出するのも、そのあと数カ月間、寝たきりの状態になるのを覚悟の上で、まさに命がけ（！）でとっている行動だったりするのです。

私も病気になってわかったのですが、この病気の人は、実はすごくがんばって努力して「元気そうにしている」ことが多いのだと思います。

こういうことは、この病気だけでなくいろんなことであるのかもしれません。パッと見ではとても元気そうに見えるけれど、悩みを抱えている人、病気に悩んでいる人、心の中で悲しみにくれている人……。

その痛みやつらさは本人しかわからない。だから、みんな何かを抱えているかもしれないなと思うと、もう少しだけ目の前の人にやさしくなれるような気がします。カウンセリングでいろんな方のお話を聞いてきたときも感じていましたが、病気と生きるようになってからより一層、そんな思いが強くなりました。

支えになったのは、励ましより理解

動きたい、働きたい、家事をしたい。負担をかけている家族に申し訳ない。でも、動けない。

慢性疲労症候群に悩む多くの方がきっと、私と同じような状況なのではないかと思います。ここからは少しだけ、身の回りにこの病気（慢性疲労症候群）の人がいる方々に向けてお話をさせてください。

身近で症状を見ている方はよくご存じだと思うのですが、慢性疲労症候群になると、がんばりたいけど、がんばれなくなります。こんな複雑な状況の中、支えになるのは、実は「励まし」ではなく、「寄り添い」や「理解」の言葉だと思うのです。

「このぐらいやってみようよ！」

「今日は元気だから明日も大丈夫だよね」

「ちょっとくらい外出しよう」

こうして励ましてもらえるのは、とてもありがたい。でも、〝このぐらい〟ができないのです。そんな自分に傷ついたり、プレッシャーを感じることもあります。

なので、励ましてもらうよりは、

「今日の調子はどう？」

「無理しないでいいからね」

「何してほしい？」

こうして、ゆったり寄り添ってもらえると、気持ちが楽になる方が多いのではと思います。

身近な人がこの病気かもしれないときは、とにかく休ませてあげてください。無理に運動させたり、気分転換させようとしないで、今どんな症状がつらいのかゆっくり聞いていただけたらうれしいです。気温差や光や音の刺激、匂いなど、いろんなことが負担になるので、穏やかに過ごせる環境をつくってあげてください。

目に見えない病気を理解することは、とても難しいことだと思います。病気になる前の私だったら、ちゃんと理解できていたかわかりません。実際、まわりの人のあたたかい理解があるだけで気持ちは楽になっていきます。

自慢（！）ですが、うちの夫は寄り添い上手です。

なので、声かけも慣れたもの。

「今日のつらさは10段階でいうとどのくらい？」

などと体調を聞いてくれることがよくあります。真面目に答えることもあるのですが、

「87くらい」

と返すことも。そんなときは、

「振り切れてるじゃん！」

と夫がつっこみ、ふたりで笑い合っています。毎日痛くてつらいのですが、心に余裕があるときはできるだけ面白く病状について答えるようにしています。こんなふうに、できるだけ多くの時間、ふたりで笑いたいなと思うのです。

病気が教えてくれた大事なこと

病気が教えてくれたことが2つあります。
ひとつは、「当たり前の日常は奇跡だ」ということ。病気になる前から思っていたことですが、当たり前の日々を失って、さらに強く、身に染みてそう思うようになりました。

病気になる前は忙しいこと、いつもと同じ毎日が続くことが、当たり前でした。

特に大きなイベントもなく、家族みんなそれぞれやることがあり、ふつうに過ごしていく毎日。ときどき旅行に行ったり、美味しい物を食べたり。

病気になってそんな毎日ががらりと変わってしまったのです。

痛みのせいで、体を動かすことさえままならない。外出ができない。そして、とうとう大好きだった仕事までやめることになった……。

実は、寝たきりになったあとも、カウンセリングの仕事だけはスマホごしに本当に細々ながら続けていました。

でも、誰かと話をするだけで病状は悪化し、痛みが増します。もう限界でした。病気を発症して3年後、２０２０年に「心の葉～konoha～」を完全に閉じたのです。ホームページや仕事用のＳＮＳを消したとき、自分のすべてを失ったように感じたことをまだ覚えています。


仕事はおろか、家事も何もできない、布団から起き上がることもできない。これで生きているといえるのだろうか……。そのころから死ぬことを考えるようにもなりました。

自暴自棄になり、死にたがっている自分と、そんな自分を客観的に見ている自分とが、いつもいつも、頭の中で話し合いをしているような状態だったと思います。気分をなんとか変えたいと、家族と話したり、ほんの少しドライブへ連れて行ってもらいました。それでも気持ちが晴れないと、そんな自分にダメ出しをして、どん底まで落ち込むのでした。

そんなある朝、鳥の声を聞いて、目を覚ましました。

今日も目を覚ますことができた。

その日、ただ起きられたことが奇跡のように感じ、ありがたいなぁ、と思ったのです。心の底からありがたいなぁ、と。

すると、何もできなくなってしまったけれど、もしかしたらまだできることがあるかもしれない、病気だってよくなるかもしれない、と少しずつ折れていた気持ちが立ち上がってきたのです。

「まだできること」を探そう、見つけよう。そう思いました。

目も開けられない、動くこともできないといった経験をしたおかげで、今の私は、目を開けることができるってすごい、起き上がることができるってすごい、と奇跡が起きたかのように、毎日に対してありがたい気持ちでいっぱいになります。

本が読める、座ってご飯が食べられる、メールが打てる！　健康な人にとっては当たり前のことが、すごく幸せに思えるのです。

自分が人生の主人公。自分最優先で、生きていいということ

病気が教えてくれたことの2つ目は、「自分が人生の主人公」だということでした。「病気になっているのに、主人公⁉　それって悲劇の主人公のこと⁉」って思う方もいるかもしれません。

いえいえ、そうではありません。

「自分が人生の主人公」とは、ほかの人やモノやコトよりも大切なのは、自分自身であり、自分自身の人生だという意味です。「自分本位に生きる」と言い換えてもいいかもしれません。

でも、病気になる前の私は「自分が人生の主人公」だということを、本当の意味で理解していなかったと思います。

病気になって、自分とじっくり向き合う時間がいやというほどできました。そのおかげで、それまでとは違う視点で物事を捉え、考えられるようになったのかもしれません。

すると、それまでいかに自分をないがしろにして、他人のために生きてきたかに気づきました。「自分が人生の主人公」とは正反対の生き方をしてきたことに思い当たったのです。

思えば、いつも他人の気持ちを先に考えて、その人が嫌な思いをしないように行動していたなぁ……。相手のことを気遣うあまり、自分の気持ちをいつも後回しにしていたのです。病床でこのことに気づいて以来、どんなことでもまず自分を最優先に考えるようになりました。

また、この病気では一日にできることは、少ししかありません。その限られた範囲内で本当に自分のしたいことが何なのかを「主人公」として考えるようになりました。すると、やらなくてはいけないと思っていたことのほとんどは、やる必要がなかったことにも気づいたのです。

たとえば、家事について。それまで、夫や娘には仕事や勉強があって大変だからと、自分ひとりですべてを背負いこんでいました。私も毎日仕事に追われて、忙しくしていたのに、そのことは頭からすっぽり抜け落ちていたのです。

夫も娘ものんびり屋さんだから、私が動かなくては！　家族を笑顔にしなくては！　と、勝手に思い込み、使命感に突き動かされていたのだと思います。

でも、私が病気で倒れてからは、夫も娘も時間をやりくりして、料理も掃除もすべて手際よくやってくれています。

私が元気だった頃に「自分が人生の主人公」という意識さえあれば、自分ひとりですべてを背負いこんだりしなかったでしょうし、夫や娘となら家事を分担してうまくやれたはずです。

さらに「自分が人生の主人公」を心がけたら、「嫌われたらどうしよう」「使えないヤツと思われたら嫌だ」などと、気に病むこともほとんどなくなったのです。

今は、自分の心が喜ぶこと、自分が成長できることへと純粋に気持ちを向けられています。ほとんど寝たきり状態ですが、ＳＮＳや本やラジオなどを通して、外からの刺激を自分なりに吸収していて、とても充実しています。

私が「自分の人生の主人公」であるように、いろんな方も「その方の人生の主人公」である。

そう思うと、相手のことも自分のことも大切に思えます。みんなそれぞれ一生懸命に生きている。私はこっちの道を行くけれど、あなたはそっちなんだね、がんばってね！　と心の中で応援できます。

そして進んだ道の中で出会ういろんな「主人公」たちから元気や刺激をいただき、私自身も成長、レベルアップをめざして、人生という冒険を満喫できるようになったのです。

第2章

自分を大切に生きる10のヒント

自分を大事にするって、こういうことなんだ

病気を経て「自分が人生の主人公」だと思うようになった……と、前章でお話ししましたが、私は、この病気になったことで「自分を大切にする」ということを本当の意味で知ったような気がしています。

先ほどお伝えしましたが、病気になる前の私は、自分よりも他人を優先してしまうことが多かったのです。

カウンセリングの場では、来てくださった方に「自分を大事にしてね」と言っていたのですが、私自身は本当の意味でそれができていなかった気がします。

毎日、とても忙しくしていて、自分の体の声も心の声も無視してがむしゃらに走り続けていました。自分の体や心の声に「気づけなかった」「しっかり聞いてあげられなかった」というほうが正しいかもしれません。

この病気になってからは、自分の体や心と対話せざるを得なくなりました。もともと何かを考えたり、想像するのが好きだったのですが、そのエネルギーが、グッと自分に向いた感じです。

これまで起きたことや考えてきたこと、カウンセリングでお客様に伝えてきたこと、自分なりに学んできた心と体に関する知識などを、一つひとつじっくりと頭の中で整理することができました。

そうして、ゆっくりですが、「自分を大事にするってこういうことかな?」と、考えがまとまっていき、今の私にできる「自分を大事にする生き方」を選べるようになったのです。

すると、すごいことが起きました!

体はほとんど寝たきりの状態ですが、心は病気になる前よりも軽く、自由で穏やかになったのです。

自分を大事に、自分の心に嘘をつかないで生きられているからだと思います。

これが元気なときにできていたらな〜！　なんて思うのですが、そんなことを言い出しても仕方ない！　私にできるのは、今の私で最善をつくしながら、自分を大事に生きていくことです。

この本をお読みの方にも、是非、自分を大事にしていただきたいと、勝手なお世話ながら思います。常に一生懸命忙しく生きていると、自分のことは後回しにしがちです。私もそうでした。でも、それを続けていると、突然病気になるかもしれません。まさに経験者は語る！　です。

とはいえ、忙しい毎日の中で自分を大事にすることは、なかなか難しいことが多いと思います。

そこで、この章では「自分を大事にする」ために、日常の中でできるちょっとした考え方のコツをお伝えします。

どこから始めてもどこから読んでもかまいません。気になったところから見てみてくださいね。

ちなみに、「自分ばかり大事にするなんて自己中心的になって、協調性がなくならないの？」と思っている方がいたら、ご安心ください。協調性はなくなりません。それどころか、まわりの方をもっと大事にできるようになります。

「私も自分が大事だけど、この人もまた自分を大事に思っているんだな」

私は自分を大事にする中で、こう思うようになりました。

自分を大事にしているからこそ、相手もその人自身を大事にしていると想像できるようになったのだと思います。

自分のことを第一に考えているからこそ、お互いに相手を尊重し、協調し合えるようにもなるはずです。

1 毎日、ハグする

まず、とても簡単で、寝たままでもできて、おまけに元気にもなれる「自分を大事にする方法」をお伝えしますね。

それは、ハグ。自分をハグするのです。ハグの効果は元セラピストの私のお墨付き。

自分の体を慈しむつもりで撫でたり、肩をやさしく抱いてみてください。そして、いつもがんばっていてえらいね、などと心の中で、自分にねぎらいの言葉をかけます。もちろん、声に出して言ってもいいですよ。

誰が見ていなくても、あなたががんばっていることは、あなた自身が一番よく知っています。そのあなたが一番大切な自分をハグしながら、心も体もゆるめてみてください。

怒りや腹立たしさや悲しさといったマイナスの感情が少しずつほどけていったり、疲れが和らぎ、元気になっていくのが感じられませんか？

ハグの効果は科学的にも証明されています。大好きな人とハグすると、幸せホルモンが分泌されることによってストレスが軽減され、リラックス効果がもたらされることがわかっているのです。


私はセラピストとして多くの方たちの体を触ってきたためか、人とぎゅ～っとハグをするのが大好きです。

ハグすると、お互いの心と心が一瞬、通じあったように感じます。やさしい気持ちが体の中に広がって、自然と笑みが広がります。幸せな気分になれるのです。

たくさんの方たちとぎゅっとしてきて、つくづく思います。

人間は抱きしめ、抱きしめられることで幸せを感じる生きものなのだなぁ、と。

スキンシップって心の安らぎのためにはとても大切なんだなと思い、この習慣を忘れないようにしています。

ハグには多くの言葉はいりません。「大好き」や「元気でね」のひとこと、ふたことあればもう十分。それさえ言わなくてもかまいません。

「がんばって」って応援する気持ちを胸に、ぎゅ～っとハグするだけで相手を励ますことができます。ハグはときに、言葉以上に雄弁に語りかけることができる魔法のような行為です。

先にお伝えしたように自分で自分をハグしても、このようなスキンシップ効果が得られます。一日の終わりにゆっくりお風呂につかりながら「セルフハグ」をするのもおすすめ。

お湯の中で自分の体をハグしながら、手にやさしくふれたり、足をマッサージしたり、おなかをさすったりしてみてください。それだけで、血行がぐんとよくなりますよ。

私たちの体は約37兆個もの細胞からできているそうです。

細胞たちは休むことなく一日中、がんばって働いています。きっと「ご主人」にやさしくふれられ、癒されたいと思っていることでしょう。

細胞たちの一日のがんばりに対して感謝の気持ちをこめて、自分で自分をハグして、肌を撫でてみてはどうでしょうか。

自分で自分をハグすることは、自らの体と心に意識を向けること。

自分自身を大切に思い、自分に敬意を払い、感謝することにもつながります。

コロナ禍では、他人とハグをすることもままなりません。そんなときだからこそ、毎日欠かさず自分自身をハグする！

生活に是非取り入れてみてくださいね。

2 「弱くていい！」と決めてみる

最近は心身ともに鍛えて、強くなろうという風潮が広がっているように感じます。確かに、強い人はかっこいい。でも、私は弱いままでもいいと思っています。もしあなたに繊細で、脆《もろ》くて、弱い面があるのだとしたら、そんな自分を認めて受け入れた上で、がんばりすぎることなく、めいっぱい自分を甘やかしながら生きていけばいいのです。

以前は私も強い自分でありたくて、疲れて体がつらいときも休まずにフルスロットルで動き続けていました。病気になってしまったのも、その生活習慣が関係していたのかもしれません。

体がつらいことも、疲れていることも無視して、アクセルを踏み込んだまま走り続けたことが何度もありました。

つらいときこそ動いていたほうがいい、気が紛れる！　とばかりに、自分の体や心と向き合うことなく、次から次へと仕事をこなし、家の用事を片っ端からやっつけていた気がします。あの頃を振り返ると、がんばってたな～と思いつつ、自分自身の体と心に対して申しわけない気持ちにもなります。

そんな私だからこそ、がんばりすぎないこと、そして、自分を甘やかしながら生きていくことの大切さを強調したいのです。

無理をしすぎれば体も心も病気にかかってしまいます。

とくに心の不調については、体ほど顕著な症状が現れないので注意が必要です。

体の場合だとたいていは、

「つらいよー」「たいへんだよー」

などと痛みやだるさを通して「叫び声」を発しています。

でも、心の場合は、このようなはっきりとした症状が現れないことが多いため、不調に気づきづらくなります。

そこで、心の発する声にはより注意深く耳を傾ける必要があるのです。体だけでなく、意識して心ともしっかりと向き合いたいものですね。

体や心の強い、弱いは、人によって異なります。たとえあなたの体や心が弱くても、それはあなたの「持ち味」であり、いいも悪いもありません。

大きな車にはガソリンもいっぱい入るけれど、小さな車には大きな車ほどガソリンは入りません。

人間も同じで、がんばるための「エネルギータンク」が大きい人もいれば小さな人もいます。その容量は人それぞれで、すぐにエネルギー切れを起こして疲れてしまう人もいれば、そうでない人もいるわけです。

あなたがつらいなと感じたのなら、あなたのタンクのエネルギーが底をつきかけていることの表れ。

この合図が出たときには、ほかの人ががんばっていても気にしません。

自分は自分、他人は他人。

まわりの目や言葉などは気にかけないで休みをとりましょう。できれば、スマホの電源もオフにして、誰ともつながらない空間で、心と体をゆっくり休めるのです。

この前、夫と昔話をしている流れの中で
「仕事も家事も毎日がんばっていた頃の私ってどうだった？」

と聞いてみました。夫は、

「母ちゃんが疲れているのにがんばっていると、オレたちも休んじゃいけないのかな、もっとがんばらなきゃって、プレッシャーになっていた」

と言ったのです。これには、少しびっくりしました。素敵な自分になろう、家族のために役に立とうとがんばっていたつもりが、夫や、おそらく娘にもプレッシャーを与えていたとは……。とはいえ、がんばるのがすべてダメだとは、思いません。がんばるとき！　しっかり休むとき！　メリハリが大事なんだなぁと、遅まきながら、今になって反省しています。

3 自分だけのいい人になる

病気になる前の私は、人に嫌われることを極端に恐れていたように思います。

みんなに「いい人」と思われたい。自分のことを認めてほしい。だから、相手のことを考えて、慎重に言葉を選びながら話していたものです。

でもあるとき、私がどれだけ嫌われないようにがんばっていても、「私のことを嫌いな人は嫌いなのだ」ということに気がつきました。

そのいっぽうで、私が自然体でいても、「大好き」と言ってくれる人がいることにも気がついたのです。

結局のところ、好き嫌いは個人の好みの問題で、万人に好かれることなど、不可能な話なのだと思います。

このことに気づいたとき、「嫌われてもいいや、たいしたことない」と思えました。こう思えたあとから、肩の力が抜け、とても楽になったのです。

誰からも嫌われないなどということは、１００％ありえません。みんなにとって「いい人」など、この世にはいないからです。ですから、極端な言い方をすれば、たったひとりの人間に嫌われないように生きていけばいいのかなと思います。

そして、そのたったひとりの人間とは、最後まで一緒にいる人間、つまり、自分自身。だから、自分のことが誇らしく思えるような、自分を好きになれるような、そんな自分だけの「いい人」になりたい。今は素直にそう思います。

そのためには、自分の思う「いい人」をはっきりさせて、そこに近づくための行動をちょっとずつでも積み重ねるのが大事ではないでしょうか。

・挨拶を丁寧にできる「いい人」
・ゴミをしっかりゴミ箱に捨てられる「いい人」
・店員さんにありがとうと言える「いい人」

大きなことをしなくたっていい。自分の心が気持ちよくなる、自分だけの「いい人」になることを人生の目標にするのは、とても素敵なことだと思います。

私も以前は「いい人ふう」を装っていました。でもいつの頃からか、そんな自分に疲れ、これってなんかちょっと違うな、本当の自分ではないな、と感じるようになりました。そして、誰かから嫌われたってかまわないから、自分の気持ちに正直に生きよう！　と行動してみたのです。

すると不思議なことに、合わない人は去っていき、その代わりに、一緒にいて心地よいと思える人たちが私のまわりに増えました。気がつくと、服装や髪形など容姿についても、他人の目をあまり意識しなくなっていました。

「変だ」「似合ってない」などと思われていないか気になっていた私が、いつの頃からか、自分さえ心地よければいいよね、となっていたのです。

そのとき、「いい人ふう」から卒業できたのだと思います。

ところで、誰かに嫌われたくないという思いが強い人は得てして、自分を嫌う相手に対して執着しがちのようです。私もそうでした。なんで私のことを嫌うんだろう、どうしたら私のことを好きになってくれるのか、などと思い悩んでいました。

今ならはっきり言えます。自分を嫌う人、認めない人をどうにかして振り向かせたい！　認めさせたい！　そのような思いは時間の無駄です。嫌いと言ってくる人は何があっても嫌いと言ってきます。

私も両親から認めてもらいたい、ほめてもらいたいと、いろんなことをがんばりましたが、ほめてもらえることはありませんでした。

もし、そのような状態に陥ってしまったら、まずはその人から離れて、さらっと、ふつうに挨拶する程度の距離を保つようにするとよいでしょう。

そして、自分を気に入ってくれる人たちと楽しくて、素敵な時間をたくさん過ごしてみてください。そうしているうちに、自分を嫌っている相手のことを少しずつ忘れられるはずです。

4 嫌いなものをどうにかせずに生きる

「どうしても嫌いな人がいる」

うんうん。いますよね。これだけたくさんの人がいるのですから、自然なことです。

私は、「嫌い」という感情が悪いものだと思っていません。

むしろ「自分がどのようなことが嫌い」で、「何が好き」かを確認するのは大事なことだと思っています。嫌いなものを知ることで、人づき合い、持ち物、生き方、いろんなものを自分仕様に変えられますし、また、嫌いなものから距離を置くことは、心を守る「防衛反応」としても大事です。

「好きなことや好きな人しかいない」という人のことはすごいと思いますが、私は「嫌なこともあるよね、人間だもの」と過ごしています。

私は若い頃、嫌いな物があるとずっとそこばかり見つめていました。白い紙に黒い小さな点があるのが許せないような人間だったので、どうにかして黒い点を消そうと、必死にそこをこすったりじっと眺めたり……。

ほかに好きなことがあるのにもかかわらず、嫌なものばかりに目を向けて毎日くたびれて一日が終わる。ある意味、「嫌い」に集中して生きていたと思います。

嫌いに集中していると「うあ！　嫌い」「あー何これ、嫌だ」と次々に嫌いが私のまわりにやってきます。いつのまにか「嫌いまみれ状態」になる私。毎日、イライラして顔つきも険しかったと思います。

そのときの私は、嫌いなもの、嫌いなことと真っ正面からぶつかり、逃げもせず、どうしたらいいのだろう？　と、もやもや悩み、胃がきりきりしていました。

あるとき夫から「そんな生き方をしていたら疲れるよ。世の中、白と黒だけじゃない。別にグレーがあってもいいと思うよ」と言われました。「どういうこと？」と聞き返してみると、「自分は好きも嫌いもあまりない。それは、どちらでもないグレーの部分が多いからだと思う。そんなに嫌いに焦点をあてないほうが楽かもよ」そう返事が返ってきたのです。

この考え方に衝撃を受け、私も「嫌いな気持ちをどうにかしよう」といった考えを手放すことに決めました。すると、今まで知らなかった世界を知ることができたのです。

嫌いなものばかり意識していたときは、世界は嫌いなものであふれていました。それをガラッと変え、「好きなもの」に焦点をあてるようにしたところ、好きなものばかりの世界が目の前に現れたのです。

単純かもしれませんが、視点の置きどころを変えただけで、あまり嫌いなものが目に入ってこなくなりました。好きなものや夢中なものに目を向け、忙しくしていると「嫌い」に使う時間がなくなってきたのです。


だからといって嫌いが全くなくなったわけではありません。嫌いなものは嫌いと認識しても、そこにずっとこだわることをやめただけです。

今も「嫌い」という感情に出合いますが「嫌いがあって当たり前。よしよし」そう思っています。でもその感情にどっぷり浸らず、引きずられず、さらりと流す。わざわざ大切な自分の心と体に嫌いを貯蓄していくことはないですよね。

私のように嫌いがストレスになる人は、さらりと嫌いの感情を流せるようになると、心地よい時間を送ることができると思います。嫌なことを真っ正面から受け止め体の中に閉じ込めておくことは、毒素を溜め込んでいる状態です。

私は嫌いを受け流すときに「わー!!　嫌い！　以上終わり！」と素直に嫌いを言葉にして思いを吐き出し、さっぱりして引きずらないようにしています。ちょっと大げさに「あなたはそんなことが嫌いだったのね！」「ええ、そうみたい！」などとひとり芝居をしたり。

そんなふうにしている自分がちょっと面白くて笑顔にもなり、「何してるんだ、私は！」と思ったり……。いろんな感情を味わってみます。自分の気持ちをひととおり観察して、いらない気持ちを捨てることは、自分を大事にすることにつながります。嫌いな感情はあってもいい。でもそこに集中しないでいると、好きなことや、やりたかったことに時間を使えるようになりますよ。

5 笑いのタネを見逃さない

私は、昔から面白いことが大好きです。面白いネタを探すのも得意。一緒にいる人が笑ってくれると、うれしくて、幸せな気分になるのです。

病気になった今も相変わらず毎日、面白いネタを探し求め、一日に何度も笑っています。自分の病気のこと、不自由な体のことまで笑いのネタにしています。お笑い芸人のように笑いを求めてしまう自分がちょっと怖いです。でも、これも自分を大事にするのには大切なことだと思っています。

今もまだ病気になった自分と上手につき合えないでいますが、笑うことで痛みが少し和らぎ、暗く落ち込んだ気分も一気に吹き飛びます。笑いには免疫を高める効果があると聞きますが、確かに笑うと元気が出るのでホントにすごい！

病気になったあとの生活はとんでもないことの連続でした。悲しいことも、つらいこともたくさんありました。

でも、「ええー!!」と思うようなショックなことがあるたびに、「よっしゃ！新しくネタができた！」とも思う私。最近ではどんなこともネタになる！　と、ますます芸人さんのように笑いを探しています。

もともと笑うことが好きだった私が、笑いの力を実感した出来事があります。その日は朝からひどく病状がつらくて、布団で横になってラジオを聞いていました。静岡で大人気のラジオ番組「モーニングラジジラ」です。そのＤＪのズミさん（高橋正純さん）がすごく面白いことを言っていて、思わず大笑いしました。

あっ、私こんなにつらい毎日でも、まだ笑うことできるんだな、とびっくりして、もっと毎日笑いたい！　と心の底から思ったのです。

私は笑えたことがうれしくて、寝ながら自分が今感じた思いをメールでそのラジオ番組に送りました。すると、ズミさんが私の送ったメッセージを読んでくだ

さり、
「うれしいね！　いいこと言ってくれてる。本とか書けちゃいそうじゃない？」
そう言ってくれたのです。

冗談だとはわかっていながら、「寝たきりでも文章なら書けるよね！　本、書きたいな！　書くぞ！」と強く思ったのです。それが物書きになろう！　とあらためて決心した瞬間でした。

笑ったおかげで、これからめざしたい目標まで見つけられたのです。ズミさんには今も笑いをいただいており、感謝しています。

そんな笑いにストイック（？）な私の日常をちょっとだけ紹介させてください。

足が痛くて思わず「アオ!!」と声が出てしまったときは、「マイケルジャクソンさんみたい！」と、自分でつっこみます。

体中が痛くてつらくて、思わず「痛いなぁ～！　痛いなぁ～！」ってつぶやいたときは、「これって〝怖いな～！　怖いな～！〟の稲川淳二さんみたい！」と、またまた自分でつっこみます。他人から見たら「何してるの？」と思われるかもしれませんが、真剣につっこんで、夫や娘も笑わせています。

体が痛くて床に寝転んでいると、「母ちゃん、本物のゾンビっぽい！　すごい！」なんて娘がほめてくれます。最近自宅で寝ながら観た映画の中のゾンビは、私よりも足が速くて、めちゃくちゃ元気。そんなゾンビを思い出し、娘のほめ言葉（？）に「私もゾンビみたいに元気になりたい！」と叫ぶと、「ゾンビは死んでますから！」と、夫や娘が元気よくつっこみを入れてくれます。

記憶障害がひどい日には、言った先から忘れてしまいます。「このまえ自分で言ってたよ」と夫から指摘をされても、「へ？　そうだっけ？」まるでコントのように言葉を返して笑いあっています。

苦しいことやつらいことがあって泣いたあとには笑っちゃおう、それが自分らしい生き方なのだと思って、笑いながら生きています。

私の「笑い」のように、しんどいときに心を支えてくれる何かがあると、自分のことを、もっと大事にできると思います。

6 「幸せそう」より「これが幸せ！」を選ぶ

病気になってからのことですが、インターネットの記事を読んでいて驚いたことがあります。

「自分が幸せと思うより、他人の目から幸せそうに見えることのほうが大事」

こう書いてあったからです。

私だって他人から「幸せそう」と思われたらうれしいですが、でも、無理してまで幸せそうに見せたいとは思いません。だって、自分に嘘をついているのに幸せって、どういうこと？　と思ってしまうからです。

他人が思う「幸せそう」ではなく、自分が思う「これが幸せ！」に素直になること――。これも自分を大事にするために大切なことだと思います。

最近の私の幸せは、朝起きて「おはよう！」と言えることです。

「な～んだ、その程度のことか」と思われた方もいるかもしれませんね。

でも、調子が悪いときには、目を開けることもできずに、ただひたすら横になって痛みやだるさ、苦しさに耐えながら薄暗い部屋で過ごさなければいけません。

頭に浮かぶのは、つらい、しんどい、だけ。心の中は真っ暗です。

会話もままならないので、死んだように生きています。

なので、朝、目を開けて「おはよう！」と元気よく家族に言えると、それだけでうれしくて、幸せなのです。人から「幸せそう」に見られなくても、自分が幸せだったら、十分に素敵だと私は思います。

すべては自分の気持ち次第。気持ちの持ち方ひとつで、いつでも幸せになれると、最近は心から思えるようになりました。

幸せは、他人から与えられる「いただきもの」ではなくて、自然に心に湧いてくる感情だと思っています。ましてや、他人と比較するものではありません。

自然に湧いてくるその気持ちは、誰からも奪われることなく、いつも自分のそばにあるのです。

セラピストとして仕事をしていた頃、「特別な人間でありたい」と望んでいるお客様がいました。人とは違う特別な存在って、とても魅力的な言葉です。でも、そもそも、人間はみんなそれぞれ特別なはず。

地球上の人口は約80億人。その誰ひとりとして、同じ人間はいないし、みんな一人ひとりがそれぞれ違うのです。それってすごいことだと思いませんか？

ということは、生きているだけで、誰もが特別な存在なわけです。

だから、わざわざ特別な人間になりたいと願う必要はないのだと思います。

でも、中には「特別なことがないと幸せじゃない」「特別な人にならなきゃ幸せじゃない」そう思っている人も少なくないようです。いつも何かイベントがあるような華やかな自分でいたい、みんなからすごいと思われたい。誰かに幸せそうだねって認めてほしい。その気持ちもすごくよくわかります。

しかし、傍から見ると全く特別なことなんてなくても、当たり前に生活をして、そこに幸せを見つけて、そのことをしっかり喜んで、思いっきり楽しむことのできる人こそが、最強の幸せ者だと私は思います。

人生にはいろいろなことがありますよね。山もあれば、谷もある。でも、もし「谷」に落ちても、その谷底に喜びや楽しみを見つけられたら、怖いものなし！つまり、最強の幸せ者になれると思います。その意味では「特別であること」を求めないことが、幸せになるコツと言えるかもしれません。

喜びや楽しみのように、見つけられると幸せになれるのが、感謝です。たとえそれがささやかなものであっても、「感謝は幸せの元」。気づくだけで、自分って結構恵まれているな、などと思えて、じんわりと幸せを感じられるはずです。

自分をとりまく環境のせいで苦しい思いをしている方もいると思います。でも、その苦しい日々の中に、小さくてもいいから、何か「幸せの元」がありませんか？　その「幸せの元」を見つけて感謝することができたら、きっとあなたの中で何かが大きく変わると思います。

7 気持ちに蓋をせず、伝えてみる

他人に自分の本音をできるだけ素直に伝えること。このことも、自分を大事にすることにつながります。

育った環境のせいかもしれませんが、私は本音を言うことが苦手でした。結婚してからも、夫に自分の要望や考えなどを伝えることに、いつも戸惑いを覚えていたのです。夫に面倒な思いや不快な思いをさせるくらいなら、何も言わないでおこう、自分が少し我慢してがんばればいいのだから、とそんなふうに思っていました。

病気になってからは以前に増して、家族に気をつかうようになりました。病気のせいで夫と娘に面倒をかけていることが、心苦しくてならなかったからです。体がどれだけつらくても、しばらくは「つらい」とか「しんどい」とかいった気持ちも、どうしても口に出せませんでした。苦痛に耐えられない自分が恥ずかしかったし、夫や娘を心配させたくなかったのです。

ところがあるとき夫が、苦しそうに顔をゆがめる私を見かねたのでしょう。
「しんどいときは、しんどいって言っていいんだよ。何も悪いことではない」
と言ってくれたのです。

確かにその通りでした。苦しいのは事実なのだから、それを口に出したからって、何の問題もない。恥ずかしいことでも何でもない……。そう思えたら、気持ちがすーっと楽になりました。それからは、苦しいときには我慢しないで、「つらい」「しんどい」と言えるようになったのです。

これらの言葉を我慢して飲み込まなくて済むようになって、体も心も少しだけ楽になったように感じられます。

もしかすると、言いたいことをあまりにも我慢することは、自分を無視することにもつながるのかもしれません。自分の心の訴えを無視しすぎると、自分の気持ちに鈍感になってしまう気もします。

自分をないがしろにしないためにも、「言うべきときには、気持ちや考えをしっかり伝える」。これは、大事なことだと思います。

私が「つらい」「しんどい」と言うと、夫も娘もそばにやってきて、やさしく体をさすってくれます。迷惑そうな様子はみじんも感じられません。これまでは、私ひとりが勝手に「申しわけない」と思っていたようでした。

自分の気持ちや状況を相手に言葉で伝えることは、お互いを理解し、スムーズなコミュニケーションをとる上でも大事なことなんだなぁと思いました。

少し話が変わりますが、結婚当初、夫とは何度も何度も喧嘩をしました。

それはお互いを傷つけ、嫌いになるための喧嘩ではなく「お互いをわかり合うための喧嘩」でした。

結婚したての頃の私は、夫に嫌われたくない一心で「大丈夫、大丈夫」と言いながら無理をして暮らしていたのです。家事も仕事も全力でがんばり、「大丈夫」と言いながらも、心の中で「本当は大丈夫じゃないんだよ、この気持ちに気がついてよ！」と、勝手に怒っていたのです。でも言葉で伝えていない「勝手な怒り」を夫が理解できるわけもなく、喧嘩が続く日々……。

このことからも『気持ちをしっかり伝える』ことの大切さを学べたように思います。

夫婦だからわかるでしょ？

言わなくてもわかるでしょ？

答えはＮＯです。エスパーじゃない限り、相手の心を勝手に読むのは無理なことです。

私も、できないことは「大丈夫じゃないから手伝ってほしい」と、素直に伝えることにしました。すると喧嘩もなくなり、お互いに「ありがとう」の言葉が増えたのです。

気持ちをちゃんと伝えること。当たり前だけど、自分もまわりも大事にするために欠かせないことだと思っています。

8 自分で決める

あなたが今、していることは、自分の心に従って決めたことですか？

自分でやろうと考え、やってきたことでしょうか？

自分で決めないのは、自分を無視して置き去りにしていることと同じ。つまり、自分を粗末にすることにつながります。

以前の私はどちらかといえば、他人に合わせて、他人を大事にすることばかり気にしてしまい、自分を置き去りにしていたように思います。

でも、それはそれで楽なときもあるんですよね。

人の考えや判断に従っていれば、失敗したときにも、自分の責任じゃないと思えます。でも、そうするといつまでも自分の人生を生きられず、人のせいにし続けるようになってしまいます。

人生では不安になったり、悩んだり、落ち込んだり、迷ったりと、日々いろいろなことが起こります。

そんな中、自分で決めるのは大変なことです。

でも、カウンセリングの仕事をしていたときに感じていたのですが、多くの方は〝すでに答えを持っている〟ことが多いのです。

なんとなく進みたい方向は見えている。でも、これでいいのかわからない、決めたら責任をとらなきゃいけないから、怖い。いろんな情報がある中で、これでいいのかなと不安になっている……。

そんなふうに、「なんとなくわかっているけれど、決めるのが怖い」という方が、たくさんいらっしゃいました。

でも、自分を大事にしたいのなら、自分で決めたほうがいい！　今の私は、そう思います。

自分を大事に、自分と向き合って、あなたの人生の中で思いを形にしてください。

もしも、決めるのが怖いときは、まずはリラックス。ゆっくり深呼吸してみましょう。

ひとりになれる場所でゆったりした気持ちになり、自分を抱きしめてあげてください。そうすると自然に肝が据わって、自分で決められるようになると思います。

自分で決める経験を何度もすると、成功してもしなくても、自信がついてきます。きっと自分のことも、もっと好きになれるはずです。

もちろん、最初から最後までひとりで考え抜いて決めろ！　なんて言いません。迷ったり、落ち込んでいるときには、友だちや家族に相談したり、カウンセリングを受けたり、あるいは、占いに頼るのもいいと思います。

人に頼るのも、いいこと。私も占ってもらうのが大好きです！　ワクワクしますよね。

ただし、その人たちの意見をそのまま受け入れるのではなく、必ず自分という人間のフィルターをいったんは通すこと、つまり、ほかの人の意見を自分自身で考えて、自分なりに消化した上で行動に移してみてくださいね。

ほかの人のアドバイスはあくまでも「参考意見」。最終的に決めるのは、自分自身ということです。

生きるということは、一つひとつの事柄について、そのつど自分で決めながら歩み続けることだと思っています。

自分のことは自分で決める。そのことは自分の人生を生きること、自分を大事にすることの「土台」といえるでしょう。

9 比べる自分は受け流す

生きていると、まわりにいる誰かに対して「うわぁ、いいなぁ〜」と思う瞬間はよくあります。あの人ばっかりずるいなぁとか、あの人はいいなぁ、それに比べて自分は……と自分を責めたり、妬んでしまうことも。

私の場合、元気な人みんな羨ましい!! と正直思います。思うけれど、自分を責めたり、妬んだり、それをきっかけに相手を呪ったり(!?)はしません。

羨ましく思うことは事実なのですから。ふつうに歩けたり、車を運転したり。それだけでもとっても羨ましい。いいなぁ。自由に動ける人たちと比べて自分の状態切《せつ》ないわ! と、思います。ちょっと落ち込んだりもします。

でも、そこで無理矢理「羨ましくなんかない!」とは思いません。自分の気持ちを閉じ込めたり、抑え込んだりすると心が苦しくなるからです。相手と自分を比較してちょっと落ち込んだとしても、「あの人はあの人なりにがんばってきたんだろうな！」と考えを切り替え、自分もがんばろう！　と元気の元にしています。

実際、他の人から「すごいな、羨ましいな」って思われていることが、本人にとって「いいことか」はわかりません。もしかしたら、大変なことだったり、いろんな苦労があるかもしれない。

本当のところは、その人にしかわからないんですよね。

人は、比べてしまう生き物だと思っています。比べることで、心苦しい思いをすることもあります。でも、「比べるなんてよくない」と思うより、「比べちゃった。でもまぁいっか。人ってそういうものだよね」。そんなふうに、比べたことを認めて軽く流してみてください。そのほうが、心にわだかまりが残らないと思います。

自分の心に浮かぶことを無理矢理押さえ込まずに、自然と受け流すことで、そのことに使う時間も少なくて済みます。

また、比べて、相手を嫉妬したり妬んだりし、そのことに対して自己嫌悪するのに時間を使うより、比べることによって、今の自分を見つめることができたなら、そのほうがはるかに有意義な時間になると思います。

そこで、「比べて↓妬む」のではなく、「比べて↓憧れる」に心をシフトしてはどうでしょうか。憧れることは、妬むことよりも、実はずっと自分の心が楽だったりするんですよ！

「誰かに憧れているのなら、あなたの中にもその人と同じ種が植えられているはず。その人はあなたより先に行動して今、花を咲かせているのよ」

ある人が言った言葉に私は感銘を受けました。

そうなんだっ！　私が憧れている人は、私のやりたいことを実現している人、私のなりたい人間にすでになっている人なのよね。

このことに気づかされてからは、「いいなぁ、羨ましい」ではなく、「憧れちゃう。私もそんなふうになりたい、なるよ！」と思えるようになって、自分が憧れている人に少しでも近づくために行動するようになりました。

妬んだり、羨んだりする代わりに、憧れると、「あれは自分の未来の姿かもしれない」と思えて、毎日を気持ちよく過ごせるようになったのです。

実際の私は病気のため、アクティブに動くことはできません。

それでも、これからも素敵な人がいたら憧れて、その人に少しでも近づけるように、できる範囲で行動していくつもりです。

比べるといえば、最近「母ちゃんのズボンの丈、私のズボンの丈より短いね」と娘に言われたことがありました。

私と娘、比較すると娘のほうが足が長かったのです……！　ほえぇー!!

ここまで成長してくれたんだなと、うれしかったものの、こればっかりは「憧れちゃう！　私もそうなるよ！」とも素直に思えず、複雑だった私でした。

10
明日もし動けなくなったら…？と考えてみる

当然のことですが、人生には限りがあります。

あなたは漠然と、これから先もずっと長く人生が続いていくと感じているかもしれません。でも、突然の事故や病気によって命が絶たれることだってあるし、私のように難病に襲われて突然、寝たきりになる可能性だってあるのです。

病気になって動けなくなってから「あれもしておけばよかった、これもしておけばよかった！」と後悔するのは、とてもつらいことです。私自身がそのつらい経験をしてきたからこそ、声を大にして言いたい！　ここでも経験者は語るです（笑）。

まずは一日だけでもいいので「明日、もし寝たきりになって動けなくなるとしたら、何をしたいか、何をするか」それを考えて、今日を生きてみてください。
それは自分を大事にすることにつながります。

自分のやりたいことをやってみてといわれても、現実としてやらなきゃいけないことがある、仕事だから仕方ない、やりたいことがあるけど、そもそも時間がない。そこには、いろんな「できない理由」があると思います。

また、カウンセリングでお話を聞いていたときには、「こんなことして変って思われないかな？」と、まわりの目や他人の評価を気にしている方や、人の目にどう映るかを優先していて、好きなことを我慢している方も多くいました。

どのケースも、気持ちや置かれた状況がよくわかるからこそ、どうか自由に好きなことをやってみましょう！　と、やっぱり声を大にして伝えたくなります。

私も最近あらためて思ったのですが、そもそも自分が思うほど、「他人は人のことを見ていない」んです。

また、自分の好きなことをしていれば、あなたの行動を素敵ね、などと思う人が意外と現れるもの。そうなったらとってもうれしいですし、そうならなくても、もちろん気にかけることはありません。

他人の目を気にすることなく、したいことをしている自分を誇りに思って、胸を張って生きていきたい。そう私は思っています。

病気になってつくづく思います。ふつうに生きていること自体が、奇跡の連続なんだな、と。

いくつもの小さな奇跡が偶然に重なってはじめて、病気にもならず、事故にも遭わず、ケガもしないで、ふつうに動けて、ふつうに働けて、つまり、ふつうに生きられているのだと思います。ふつうに生きていることは、実は特別なこと。

ふつうに生きていることは「奇跡を生きている」ことなんだ！　と思います。

面白くない、ついてない、もううんざり……など、人生に対して不満や不平を抱く瞬間は、誰にでもありますよね。

容姿にも経済力にも恵まれていて、毎日を楽しそうに生きている人を見た日には、自分がくすんで感じられて、惨めな気持ちになるかもしれません。

でもそんなとき、あなたがふつうに生きていること自体が奇跡の連続だということを思い出してください。ふつうに生きていることって、すごいんです！

他人をうらやむ感情に代わって、生きていることの奇跡に対する感謝の気持ちが心の中に広がると、自然と笑顔になれるはず。その笑顔がまわりの人たちを幸せな気分にするかもしれません。あなたの幸せが、ほかの誰かを幸せにすることもあるのです。

人生に限りがあるのなら、そして、ふつうに生きられること自体が奇跡の連続であるのなら、たった1回の人生を自分のために、自分の気持ちに嘘をつくことなく、自分の好きなように生きてみませんか？

それが、自分を大切に生きることであり、そして、あなたの大好きな人たちを幸せにする道でもあるのです。

第3章

どんなに泣いても最後は笑って、また、ぼちぼち生きてみよう

今、つらいあなたへ

ここまで読んでくださり、ありがとうございました。

病気を通して、自分を大事にすることの大切さを知った私ですが、この病気になったばかりの頃は、そんなことを思う余裕もありませんでした。とにかく、つらくて、苦しくて、絶望していたように思います。

希望があれば人は生きていけるし、目標があれば張り合いも出ます。それなら、希望と目標を見つければいいわけです。でも、理屈ではわかっていても、今があまりにもつらいと、そんな前向きな気持ちには全くなれないですよね。

私も病気で心がしんどいときには、なりたい自分を思い浮かべることなどできませんでした。

なりたい自分を思い描くことは、それだけの体力と、そこから生まれる心の余裕があるときにできる「贅沢なこと」なんだとはじめて知ったのです。

発病当初はとにかくその日一日を生き延びることだけで精いっぱいだったと思います。

でも、発病して5年ほどたった今、病気であっても、目標に向かって楽しみながら取り組み、行動できています。自分がこうなりたいと思ったことを諦めずに、どうしたら実現できるのかを自分でも考え、家族と話し合うこともできるようになりました。

なので、今、厳しい環境にいる人も自分の夢や目標を諦めないでください。

あまりにもつらいときは、夢を捨てずに、ちょっとだけ横に置いておく。

そして、少しずつ、本当に少しずつでも夢や目標に向かって進むことができたらすごいことです。ご自分をほめてください。その少しずつの経験が、気がつくと大きなものになっていると思います。

最後の3章は、「今、壁にぶつかっているあなた」に向けて書きました。

元気が出ないときはこの章を読んでみてください。

そして、「今日どんなにつらくても、また笑ってぼちぼち始められれば上出来！」という気持ちになっていただけたら、とてもうれしいです。

言葉が心に寄り添ってくれる

まず「読んで元気になれる」心の栄養をおすそわけしたいと思います。

私が好きな言葉、読んで元気になった言葉を集めました。素敵な言葉はつらい気持ちにそっと寄り添ってくれます。気になるものから読んでみてください。

「一日一つ、できれば上出来！」

健康なときは家事も仕事もたくさんできたけれど、今の私は何か一つをこなすのがやっとです。一日にたった一つしかできません。

自分はダメなんだ、と情けなくなり、自己嫌悪に陥ったりもしました。

でも、人間はなにごとにも慣れていくのですね。この状態にも少しずつ慣れてきて、今では「一日に一つできれば上出来だ」と思えるようになりました。

できることが限られているのなら、そのことを悲しむのではなくて、そのような状態の自分に、暮らしのほうを合わせて生きていけばいいんだと思えたのです。

そうなると、今の私の状態なら「一日一つできれば上出来！」です。

そう気づいたとき、もやもやが消えて気持ちが軽やかになりました。そのおかげで、少しずつですが、生きる気力が湧いてきて、前へ進めるようになりました。

できることが一つだけ、となると、否応なしにその一つの事柄と丁寧に向き合うことになりますよね。そうすると、これまでは見逃していたことにも目がいって、思わぬ発見もあるものです。

たとえば、いつもよりきれいに皿洗いができたり、トイレ掃除がこれまでにないほどにピカピカにできちゃったり……。

「一日一つ」のカメさんの歩みは、ウサギさんにはない強みにだってなるかもしれません。

「あなたは、今そこにいるだけで十分」

娘がまだ幼い頃、

「母ちゃんに迷惑かけてないかなぁ。役に立ってるかなぁ」

と、言ったことがありました。

「いるだけで役に立ってるよ！　あなたがいるだけで、母ちゃんは幸せだよ」

私は娘を抱きしめて、思わず叫んでいました。

そのとき、そうか、そうだよね、と自分の発した言葉によって気づかされたのです。何かをしてくれるから一緒にいる、役に立ってくれるから一緒にいるわけではなくて、ただ、そこにいてくれるだけで、笑顔でいてくれるだけで、人は役に立っているのだ、と。


友だちや家族などの大切な人が、うれしいとき、悲しいとき、楽しいとき、幸せなときに、あなたもともに喜び、あるいは悲しんで気持ちを共有できれば、それだけで、あなたは人の役に立っているのだと思います。

ほぼ寝たきりの私には、スマホの画面越しに仲よくなってくださった人たちがいます。私もそうですが、その方々の多くが、ＳＮＳを通じて、自分の喜びや苦しみなどを発信しています。

自分のために発信されている方も多くいると思うのですが、私はそれらを読むたびに「ありがとう」と心の中で思っています。

読むことで、自分ひとりが苦しんでいるわけではないと思えたり、知らなかった病気のことをたくさん学べたり。そして、うれしい投稿であれば一緒に喜び幸せを分けていただいたり、悲しい投稿であれば一緒に悲しみ、少しでもつらい気持ちがなくなるようにと思ったり……。画面越しに、さまざまな刺激を受けているからです。私の話もＳＮＳを通していろいろと、聞いてもらっています。

いろんな思いを発信してくれてありがとう。共有してくれてありがとう。読んでくれたり、聞いてくれてありがとう。

生きていてくれてありがとう！　そう一人ひとりに伝えたくなるほど感謝して

います。

今の状態からさらにがんばって、誰かの役に立とうとしなくてもいいのだと思います。

あなたがあなたらしくいるだけで、きっと誰かの役に立っているはずです。

「嫌いなところも、唯一無二の〝個性〟なんだ」

私は、昔から自分のことを好きになろうとしても、どうしても好きになれないところがありました。それは「病弱なところ」です。

生まれつき体力がなくて、子どもの頃から少し疲れると、すぐに熱を出すし、入院して手術して、また入院して、をくりかえしていた時期もあります。

大人になってからも、丈夫になりたい一心で、いろんなことを試してみました。

たとえば、ウォーキングしようとはりきって1時間歩いたら、そのあとすぐに高熱が出ました。

少林寺拳法も習ってみました。手首が痛くなり、病院に行くと、骨が折れる寸前でした。主治医に「なんで急に少林寺を？」と聞かれ「健康のためです」と答えると、主治医は穏やかに言いました、「やめてね」。

それでもへこたれることなく、「徹底的に体をよくするぞ」と決心し、あらゆる健康法を学び、試すようになったのです。さらに、ボディマッサージ、アロマセラピー、ヨガなどの資格もとりました。

そして、ついには自分の体だけでなく、ほかの人たちの心と体も健康にしたくなりました。体の調子が悪い人の気持ちが私ほどわかる人間はいない。そう思ってセラピストになったわけです。

さまざまな健康法を学び、試すにつれて、私は生まれてはじめて少しずつ健康になっていき、病院にかかることもなくなって、薬を飲むこともほとんどなくなりました。

それでも、がんばりすぎて動きまわると、疲れて寝込んでいました。やっぱり

ダメかぁ……。悶々としている私に、友だちが、

「ねぇ、それも個性だよね。いいじゃん」

と言ったのです。

そうか、病弱なのも個性だと考えればいいんだ！　友だちのひと言に救われました。嫌で仕方なかった「病弱」を唯一無二の個性だと思うと、一瞬にして気持ちが楽になったのです。

こうあるべき、こうでなきゃいけない。

そんな思い込みも、考え方や視点を少し変えるだけで、「それでもいいじゃん、個性だし」という気持ちに変換できることを学びました。

世の中には体力がある人もいれば、ない人もいる。走るのが速い人もいれば、遅い人もいる。気が強い人もいれば、弱い人もいる。飲み込みの早い人もいれば、遅い人もいる、手先の器用な人もいれば、不器用な人もいる……。

いろいろな人がいていいんだ。だから、今のままの私でもいいんだ。

そう思えたとき、子どもの頃から肩に乗っかっていた重たい荷物を下ろしたかのように、心からホッとしたことを覚えています。

「死にたい」しか思えなくなった日は

どんなに大変なことがあっても、どんなにしんどくても生きるぞ！　自分から死ぬことはしない！　がんばればなんとかなる。そう思って生きてきました。

セラピストの仕事をしていた頃も、「死にたい」と訴える多くの方たちと向き合ってきました。「死にたい」と口にするのは、「生きたい」という心の緊急サインと見なして、出口をなんとか見つけて明るいほうへ向かうお手伝いができるようにと、カウンセリングをしてきました。

それなのに、私自身が病気になったら、「死にたい」という気持ちに取り憑かれてしまったのです。

いったん取り憑かれると、そこにしか焦点が合わなくなって、頭に思い浮かぶのは、ただ死ぬことだけでした。絶え間なく続く痛みやだるさ、思考力がなくなっていく感覚に生きる希望が持てなくなっていったのです。

楽しいことが待っているはずの未来のことも、大好きな家族のことも、考える余裕はなくなり、とにかく「死にたい」に向かって全力で進んでいました。

今も当時のことを思いだすと心がチクッとしますが、同じようにつらい思いをしている人が読んでくださり、少しでも生きるほうへ気持ちが向いてくれたら、と思いながら書いています。

自殺をすることはよくないとか、残された人がどんなに悲しくつらい日々を送るようになるかということを、私は身をもって理解していたはずでした。

自死遺族の私は「こんな簡単に人って死んでしまうんだ、生きていることのほうがはるかに奇跡的ですごいことだ」と思っていたのに、病気になってからは、どんどん死に近づいていく自分を止めることができませんでした。

でも家族のおかげで今も生きています。

「迷惑をかけてもいい、体がつらいことはわかっているけれど、自分で命を絶たないで、生きていてほしい」

夫にも娘にも泣きながら言われました。ぼんやり二人を見つめていた記憶があります。

ただ死なないように生きました。そして今も生きています。

死について私は自分の力でどうにも解決できないと思ったので、自殺や死に関する本を借りてきてもらい、何冊も何冊も読んでいくうちに

「死にたい気持ちはいつもそばにあるかもしれないけれど、でも生きていこう」

と自然に思うようになりました。

元気そうに見えていても死がすぐ真横にいて、自分で命を落としてしまう人もいます。その気持ちがすごくわかるのは、私も死が真横にいることを体験したからだと思っています。

どんな気持ちも否定しないで

生きている間には、突然、死にたい、消えてしまいたいと思うことがあります。それほどつらくて、しんどいことがあるからでしょう。死にたい気持ちは誰かと比べるものではないと思っています。

若くても、歳を重ねていても、突然「死にたい、消えてしまいたい」と思うものです。年齢は関係ない。そして、死にたいと思い詰めているときは、正常な判断もできません。

私は、自ら命を絶ってしまった人をダメな人だとは思いません。

そこまでがんばってしまったのだな、本当にさびしくて苦しかったろうにと思い、それでもやはり生きることを選んでほしかったと、思うのです。

死ぬことしか考えられなかった私も今、こうして生きています。あのとき死ななくてよかったな、と思います。生きていると、とてもささやかだけれど、楽しいこと、素敵なことに出合えるからです。

死にたい気持ちでいっぱいだった頃の自分を思い出すと、今も、死を思いとどまるための上手な答えを出せないままでいます。それでも、ひとりでも多くの方に死を思いとどまっていただきたいのです。

ここで「生き残った経験者」として、少しだけお話しさせてください。

人に迷惑をかけてもいいので、とにかく生きることを選択してほしいと思います。そのためには、嫌なことからは逃げる、休む、楽しむ、の3つが大切です。自分の心と体を守るために、ぎりぎりになるまで耐えるようなことはやめましょう。

人間はつらくてどうしようもないとき、そのつらさから逃れたくて、死の誘惑に駆られるもので、それはごく自然な気持ちの動きだと思います。

ですから、心の中で生まれてくる気持ちは、死にたいという気持ちも含めて、どんなものであれ否定しないでください。「ダメ」「弱い」などと自分の気持ちを否定しても何の解決にもならないどころか、自分のことが嫌いになって、ますます死にたくなるだけです。

そして、死にたいと思ったら、早い段階で、誰かに話してください。つらい思いを誰かに聞いてもらうだけで、心は晴れるものです。

「早い段階で話してください」というのには理由があります。死にたいという思いが強くなればなるほど、誰にも話せなくなっていくからです。そうなる前に誰かに相談することが大切です。

そして、本当に危険を感じたときは誰かにそばにいてもらってください。

世界であなたという人間は、あなたひとりしかいないのです。それだけで生きる理由としては十分です。だから、生きる意味なんて探さなくてもいいです。

「今日も生きたなぁ」だけで立派なものです。

私もそう思いながら、これからも生きていきます。

今日は空が青いな。雨の音がやさしいな。よその家の夕飯はカレーかなぁ。何かを見たり、聞いたり、感じたりしながら生きているっていいな。そう思う毎日を積み重ねていきたいと思っています。

やっぱり〝コミュニケーション〟が家族を豊かにする

家族やパートナーは大事な存在ですが、そこも小さな単位での人間関係なので、ときには問題やもやもやが起きることもあります。家族に関することが、ずっと人生の課題だったという方もいるでしょう。

そこで、ここでは、家族やパートナーとの関係に悩んでいる方に向けてお話をさせてください。

まずは、私と夫のことを簡単に説明させてくださいね。

私は二人兄妹の妹として生まれました。両親は仲が悪く、いつもケンカをしているような家庭で育ちます。

夫は父親が早くに亡くなり、家族や夫婦ってどんなものか、あまり考えたこともイメージしたこともなかったそうです。父親が亡くなった15歳のときから私と結婚するまで、弟や妹の父親代わりとしてがんばろうとしていたと聞きました。私も夫も、結婚に希望や明るいイメージを想像できない同士だったのです。

でも、いろんなご縁が重なり、そんなふたりが出会って、結婚をしました。

家族や夫婦、結婚に希望がなかったふたりだからこそ「私たちはどんな夫婦になりたいんだろう？」と、真剣にとことん話し合ったのです。

嘘はつかない、笑顔で過ごしたい、仲よくいたいなど、お互いの「在りたい夫婦の姿」を伝え合いました。ときには言い合いになることもありましたが、今もたくさん話し合い、気持ちを伝え合っています。

◌「話さなくてもわかる」は幻想です

育ってきた家庭に夢や希望がなかったからこそ、あたたかい家庭を自分たちの手でつくりたい。そんな想いで試行錯誤してきた我が家がたどり着いた結論のひとつに「やっぱり、家族もコミュニケーションが大事！」というものがあります。

家族という近くにいる存在だからこそ、

・愛情と尊敬と感謝は忘れない。「大好き」と「ありがとう」は言葉で伝える
・お互いの譲れないことをしっかりと伝え、理解してもらう
・されたら嫌なことは絶対しないよう、お互いの「嫌なこと」を共有する
・「ごめんなさい」はしっかり伝える

こんなことを心がけています。

もしかすると、どれも当たり前に思えるかもしれません。でも、この当たり前を言葉にして実践していくのは、結構大変です。忙しい毎日の中だと、お互いの気持ちを伝えられないまま、相手に対して「なんでこうしてくれないんだろう!?」とイライラしたり、がっかりしたりして、毎日が過ぎていくことも少なくないからです。

家族間のトラブルや悩みも、根っこの部分にはコミュニケーション不足があるような気がします。

まだセラピストとして働いていた頃のこと、ある生徒さん（Aさん）が「最近、

家族のみんな元気がなくて、家の中が重苦しい雰囲気なんです」とおっしゃったことがありました。よくよくお話を聞くと、娘さんたちが成長するにつれて家族間での会話が減っていき、今は挨拶さえできていないとのこと。圧倒的にコミュニケーション不足に感じました。

私は「まず、Aさんから、家族のみんなに明るく挨拶したり、何かひとこと声をかけてみてはどう？」と、アドバイスしました。次にAさんが見えたとき、話を伺うと、「私から、おはよう、とか、今日はどんな一日だった？ と笑顔で声をかけるようにしたんです。最初はあまり反応がなかったけれど、だんだんみんなも挨拶をするようになり、今では、その日あったことなどを娘が話してくれるようになりました」と、言ってくれたのです。

また、家族での会話が増えたことで、娘さんが今抱えている学校での悩みもわかり、どうしたらいいか話し合いができるようになったそうです。

「もし、このことを知らなかったら、ひとりでいろいろ抱え込んだ娘の心は、壊れていたかもしれません。話せてよかったと、今は思っています」と、Aさんはほっとした様子で、おっしゃっていました。

「おはよう」「今日はどんな一日だった？」

このたったふたつの言葉で、暗かった家族が元の明るさを取り戻せ、トラブルも未然に防げたわけです。

家族として、長年一緒にいるからこそ「話さなくてもわかる」となりがちですが、それは違います。育った環境も好きなものも違う人とずっと一緒に生きていくって、すごいことです。「違うだらけの人」と暮らすのだから、コミュニケーションは、とってとりすぎることはありません。

「大好き」は言葉の美容液

私は夫が大好きで結婚したので、とにかく毎日好きな気持ちを伝えていますし、すごくうれしいことに、夫からも伝えてもらっています。ずっと変わらずに毎日愛情を伝え、ハグをしています。

無理にとは言いませんが、パートナーがいる方は、是非「好きな気持ち」を伝えてみてください。好きだよと伝えられたらうれしいし、伝えるほうも心がぽかぽかして一瞬で幸せを感じられます。愛情を伝えること、伝えてもらうことで、「言葉の美容液」をもらっている！　とも思っています。

「今まであまり会話をしてこなかったけど、これからは少しずつ愛情や感謝を伝えたいな。でも急に好きって言うのはハードルが高い！」

と思う方は、先ほどもお伝えしましたが、挨拶や今日あった出来事を話していくことから始めるのが、おすすめです。

我が家は毎日「おしゃべりタイム」を設けていて、家族みんなで今日の出来事を話し合います。娘が生まれる前からずっとしてきたことなので、14歳になる娘も毎日いろんなことを話してくれます。

楽しいこと、うれしいこと、嫌だったこと、怒ったことなどを、家族皆でワイワイと共有し過ごす時間。この時間を今も大切にしています。

一番近くにいる大切な存在だからこそ、まめになって、「大好きだよ」「ありがとう」をたくさん伝えることを、忘れずにしていきたいですね。

「毒親」の話

　ここからは、親によって今も苦しんでいる方への言葉になります。
　私は「毒親」という言葉がとてもつらくて怖いので、ふだん自分で使うことはありません。わかりやすい表現として「毒親」や「親ガチャ」という言葉が使われていますが、親によってつらい思いをしてきた私は「毒に侵された私はダメな人間なんだろうか？」「ガチャがはずれた私はよくない人間なんだろうか？」と、自分を責めてしまい、心が重くなるからです。

　私の両親は他人から見たらやさしく真面目そうな二人でしたが、私には怖い存在でした。兄は二人をどう思っていたかわかりませんが、父は暴れる系で、母は精神的に責めてくる人でした。父がいつ暴れるかわからないので、ご飯の最中もリラックスして食べることはできず、母からはきついことを言われて責められたり、無視されることが多かったので、私を守ってくれる人は家族には誰ひとりいないように思っていました。実家が落ち着く場所とは、大人になった今も感じないのです。

母は「お父さんが暴れることは絶対によその人に話してはいけない、恥ずかしいことだから」と言い、殴られ、骨を折られても一緒にいるような人でした。そんな母はときどき家出をしていたのですが、そのときに「お兄ちゃんは連れて行きたいけど、あんたはいらない。生まなきゃよかった」と言われたこともあります。

でも、他人の前では「娘とは一卵性の双子のように気が合う」と言っていたのです。きっと母もつらいことがたくさんあり、私にだけ怒りをぶつけることができたのだろうと、今なら思うことができます。

私は両親から「育ててやった」「〇〇してやったんだから」と言われ、しっかり親に恩返しをしなくてはと、本気で思っていました。そのため、夫と結婚してからも両親に頼まれたことは、自分の時間を削ってでもしていたのです。

　父と母の歪な関係も「私がどうにかできる、どうにかしなくてはいけない」と抱え込み、二人に対して一生懸命時間もお金も使って接していました。しかし、結局、父と母の夫婦の問題で私が役に立つことはなかったのです。

　私が今の病気になったとき、親にそのことを伝えると「何もできることはないから、もう連絡してこなくていい」と言われ、それっきり連絡は途絶えました。

　今までたくさん傷ついて、でも「苦しいけれど、家族だし、親だから、我慢しなきゃね」と思っていたのですが、夫が「それって変だよ」と私と家族とのつき合い方がおかしいことをハッキリ教えてくれたのです。

　そこで、「これってやっぱり変なんだ。私が両親を嫌だって思うことは悪いことではないんだ」と、自分を認めてもらった気持ちになりました。


　たとえ、母や父につらい過去があっても、その子どもの私が自分の命を削って彼らを癒やして導いていくことはしなくてもいい、と。

　一つひとつ、両親から受けたつらかったことと向き合って納得して、自分自身をカウンセリングし、娘には同じような思いをさせずに済んでいます。

それでも、産んでくれてありがとう

私は「あなたは子どもができません」と医師に言われたことがあります。そのとき、「ちゃんと育っていない私が子どもを産めるわけがない、育てることもできないからよかった」と夫に伝えたのを、今も覚えています。

夫とふたりで生きていこうと思っていましたが、結婚して10年目に奇跡的に娘を授かり、出産することになりました。

正直、娘がお腹の中にいるとき、私も両親のように酷いことをして娘を傷つけてしまったらどうしよう……と、ずっと怖かったのです。でも、生まれた娘を一目見たら可愛くて可愛くて！　暴力なんてとんでもない！　この子のためならなんでもがんばれる！　と思いました。

両親にされた嫌なことは絶対に娘にはしない。できるわけがない。

毎日、娘の可愛い笑顔を見ているだけで幸せでした。そして娘に出会えたおかげで、両親にも心から感謝できました。子どもを育てることはとても大変だということを理解したからです。

彼らが私を産んで育ててくれたことで、夫にも会え、娘にも会うことができた。父にも母にも「産んでくれて育ててくださってありがとう。生まれてきてよかった。病弱な私を育てるのは大変だったでしょう。本当にありがとう」と、心を込めて伝えることができたのです。

そして、感謝とともに「されて嫌だった、言われて嫌だった」ことも父、母に伝えることもでき、そのあとでハグもできました。

両親の私への態度は変わることはありませんでしたが、それでもこの出来事は、私の中で大きな一歩だったと思います。

とても時間がかかったけれど、自分の気持ちを伝えることができて、本当によかったです。

もし今も悩んでいる方がいたら

安心して心を許せる存在であるはずの親が、モンスターのように怖い存在だったら。大人になっても「その記憶」は心に染みこんでいますよね。しんどいと思います。「そんなことは忘れなよ」「もう許してあげなよ」なんて言えるような、簡単なことではありません。幼い子どもの前に立ち、大声で怒鳴り、髪の毛をつかみ振り回す、殴る、蹴る……想像するだけで目眩《めまい》がします。

また、親から無視されたり、暴言を受けたり、けなされて育った人に「それでも親に感謝しなくちゃね」とも言えません。カウンセリングなどを行っても、なかなか経験したことは忘れることなんてできないと思います。

だから、たくさん笑って幸せな時間をつくってください。

親から受けた理不尽なことに、怒りや悲しみを持つのは当たり前です。そのことを悪いとは思いません。でも、そこにとらわれすぎず、自分を幸せにしてあげてください。

やっぱり怖くて結婚できない、子どもが産めない。そのことに罪悪感を持たなくてもいいのです。生きているだけで本当にすごいと、自分を抱きしめてください。そして自分を守るために親から逃げてください。

私も距離を置くことでずいぶんと楽になりました。親子だからわかり合える、仲良しでいるのは、当たり前ではないのです。そして親によってつらい思いをしたあなたは、何も悪くありません。

親は親。あなたはあなたなのです。

私は幸せになることに慣れていなかったため、つい不幸なほうへ、居心地の悪いほうへいってしまう傾向がずっとありました。

両親を恨んだり、友だちの親はいいなと思ったこともありました。不幸を数えるとどうしても親を恨みがちになります。だからこそ、幸せな時間をたくさん感じてほしいです。あたたかい家庭に生まれた人とは、スタートラインが違うかもしれません。それでも幸せになって笑って生きていくことはできるのです。

生まれたときから愛情いっぱいな家庭で育った人には当たり前のことかもしれませんが、両親から健全な愛情をもらっていない人は、幸せなことを想像するのが難しいと思います。

自分はどうせこの程度だろう、夢なんて叶わない、幸せになるのが怖い、と私も思っていました。でも、それは嫌だ、ずっと我慢したまま嫌いな人といるのは自分の人生なのに嫌だよ！　もっと楽しんだり好きな人と過ごして幸せになっていいんだ！　と思い、自分の心の思うままに行動することにしました。

うまくいかないことを育った環境のせいにしたくなる。だっていい思い出やお手本が身近にいなかったから。だから動けない気持ちも痛いほどわかります。

でも、自分の幸せは自分でつくっていくものだと私は思います。最初は難しくて失敗するかもしれませんが、自分の人生なのでとことん向き合ってやってみて、違ったら手直しをしていけばいいと思います。

私は、両親が怖かった。でも心底嫌いになれませんでした。両親の機嫌がいいとき、やさしいときもあり、そんなときは本当にうれしかったのです。二人にもいいところはたくさんあったし、二人が親だったからこそ学ぶことが多くあったと思っています。

この病気になったあと、診察中に、医師から「子どもの頃から緊張しっぱなしで生きていたのかもしれないね。脳や体に負担がかかっていたのかも」と言われたことがありました。私の体の異常なかたさや張りを感じ取ったのでしょう。

虐待をされた人は、脳が萎縮していることもあとから知りました。

親から傷つけられて育った人は、さまざまなものを背負っていると思います。親のために自分の全てを捧げ、へとへとになりつつも、まだまだ！と心や体を酷使している方もいるでしょう。でも、血がつながっていてもわかり合えないことや、理解し合えないことがあるのです。

親は親の人生を。

子どもは子どもの人生を。

今はもう会うこともできないのですが、毎晩寝るときに、父と母に感謝し、彼らの幸せを願ってから眠りについています。

そして今もときどき、小さな頃の自分をイメージし「よくがんばったね、えらかった。もう大丈夫だよ」と思いを伝え、抱きしめています。

今苦しくつらい思いをしている方が、どうか自分を大切にするために、一歩踏み出す勇気を持てますよう、心から願っています。

過去の自分が、きっと助けてくれる

病気になる前まで、私の毎日はセラピストという仕事を中心に回っていました。この仕事は私にとって自信と誇りの源で、拠って立つべき心の支えのような存在でもありました。

ところが、その仕事を、病に倒れたせいで失ってしまったのです。今までの努力も経験も何もかもが無駄になってしまった……。そう思いました。そして、消えてなくなりたいと思うほど、悲しい毎日を過ごしていました。

けれど、私は今も生きています。そして、生きる目標まで見つけて、その目標に向かって歩んでいます。

私のように、何かがきっかけで「とても大事なもの」を手放さざるを得なかった方もいるでしょう。でも、大丈夫。何も無駄になることはありません。

人生には無駄なことはひとつもない、すべてが「財産」だ、と今の私は胸を張って言えます。

財産とは具体的には何かというと、たとえば、過去に出会った何人もの人たちです。その中には「死にたい」と思ったとき、その思いに黙って耳を傾けてくれた人もいました。そのことによって私の心は本当に救われました。

また、過去に学んだマッサージやヨガなどの知識も、今の生活のさまざまな場面で役に立っています。

たとえば、この病気によいかもと処方された薬は私にはほとんど効きませんでした。そこで、「ツボの知識をフル活用してみよう！　人体実験だ！」と自然治癒力を少しでも高めようと、体中のツボを夫や娘に押してもらっています。

体調が比較的よい日にはゆるりとですが、ヨガのポーズをとってみます。血液の流れがよくなるためか、体がほんの少し楽になって、何よりも気持ちが軽やかに、晴れやかになることがうれしいのです。

自由に動けない私ですが、夫や娘にささやかな恩返しもできる範囲でしています。

夫の顔色がすぐれないときには、体にそっとさわって、「父ちゃん、今日は胃腸が弱っているよ、すごく疲れが溜まっているから無理しないでね」などとアドバイスしています。

娘が肌のトラブルに悩んでいるときには、アロマセラピーの知識を活用して、アロマスチームをすすめてみたりします。

私のように病気になって、それまでできていたことができなくなった方や、歳を重ねて体を思うように動かせなくなった方たちもいらっしゃるでしょう。

そうなったとき、これまでやってきた努力や経験が無駄だった、と思われるかもしれません。かつての私がそうだったように。

でも、しつこいようですが、人生に無駄なことなどひとつもないのです。

何かのタイミングでそれまでの知識や経験が生かされるときが必ずあります。

たとえ実生活で生かせないとしても、自分の経験してきたことはしっかりと心や体の栄養、財産になって、これからを生きる糧となるはずです。

実は、心はとってもたくましい

病気になって、私は人生最大の落ち込みを経験しました。

これからどう生きていくのかを考えてみたくても、全身が痛んで、頭がぼうっとして、何かを考えられるような状態ではありませんでした。

このまま何もできず、楽しいこともないまま人生を終えていくのだろうか……。確実に家族に迷惑をかけるよね。寝ても覚めても暗い気持ちに沈んでいました。死を考えたのは、この頃でした。

ところが、いろんな人の支えのおかげで、少しずつ前を向くことができるようになり、「何かできることをしたい」「寝たきりでも、自分の好きなことをしたい」という気持ちがむくむくと湧いてきました。

人間の精神とは、とてもたくましいものなんだなと思います。

セラピストをしていた頃、不幸のまっただ中にいる方たちを何人も見てきました。

絶望の淵にあえぐ人、つらい経験から立ち直れない人、激しい怒りから何も手につかない人……。

しかし、その方たちのほとんどが立ち直っていきました。私もカウンセリングでがんばったつもりですが、そもそもセラピストもカウンセラーも、その人の中に埋もれている自然治癒力や答えを引き出すお手伝いをしているので、その方たちは最終的にはご自身の力で試練を乗り越えていかれたのだと思っています。

そういったたくさんの方々とじかに接したことで、私は、誰もが心の自然治癒力を持っていることを知りました。人間は心の傷を自分で治して、立ち直っていく力を備えているのです。

今現在、絶望的になっている方もいらっしゃるでしょう。つらいし、きついし、いいことなんて想像できませんよね。でも本当にゆっくりかもしれませんが、必ず立ち直れるときがきます。あなたの中には、自然治癒力に裏づけされた強さ、底力が備わっているのですから。

でも、つらいときは、ほかの人の力をほんの少し借りることも、大きな助けになると思います。たとえば、友だちや家族に、あるいは、専門のセラピストに話を聞いてもらうのです。そうすることで、自分の考えや思いが整理され、自分の望む方向へ進んでいきやすくなるでしょう。

本当に心がつらいときには、立ち上がる気力さえ湧いてきません。そういうときは、何度でもくりかえしますが、ゆっくりと休むことが何よりも大切なのです。休まないことには、本来備わっているはずの自然治癒力もうまく働かないことがよくあります。

つらいとき、しんどいときは自分の中にある治癒力を信じてゆるりと過ごす時間を取り入れてみてくださいね。

雲の後ろの「青空」を信じて

昔からずっと、夜寝る前には吉本ばななさんの本をよく読んでいます。気分が落ち着いて、心をほんわかあたたかくしてくれるからです。

ばななさんの本『おとなになるってどんなこと?』(筑摩書房)の中からお気に入りの箇所を引用してみますね。

「がんばるという言葉、今はあまりよくとらえられていないけれど、私は大好きなんです。ちょっとくじけそうになったときに「がんばるぞ!」と明るい声で言ってみると、それだけで空気が変わります。ちょうど勉強や仕事で夜中まで起きていて、眠くなったから窓を開けてみたら新鮮な空気が入ってきたときみたいに」

私も同じようなことを考えていたので、うれしくなりました。

たしかに、がんばれ、がんばりまーす、といった言葉が氾濫しすぎたせいか、今は「がんばって！」と言うと、眉をひそめる人が多いようです。

でも、実は私、がんばるという言葉が大好きです。ただし、もっとがんばれ、とか、負けるなよ、とかいう意味では決してなくて、元気が出る自分だけのお守りの言葉のように使っているのです。

そして家族みんなが大好きな漫画『ちはやふる』（講談社）の主人公の千早が言った、

「がんばれって気持ちは温かい空気と同じように〝運気〟を上げてくれる気がするよ」

という台詞もすごく共感して励まされます。

読んだとき「わかる！　そうそう！　そうなんだよ。応援したり応援されたりすることで元気が湧いてくるよね。がんばれってあたたかいよね！」って思わせてくれたこの言葉を、気持ちを上げたいときに自分に向かって言っています。

好きな言葉を書いていて、私はがんばるって言葉がよほど好きなのね、と気づきました。

自分の好きな言葉や表現は、生きていく上での指針となるかもしれません。指針などと大げさなことではなくても、たとえば、自分が漠然と思っていたことが、適格に、美しい言葉によって表現されているものに出くわすと、まるで宝物を見つけたかのように興奮します。そんなとき、誰かにその言葉を伝えて、その興奮を共有したくなるのって私だけでしょうか？

娘からも『鬼滅の刃』（集英社）の主人公の炭治郎の言葉を教えてもらいました。

「失っても失っても生きていくしかないです、どんなに打ちのめされようと」

娘が言うには、「これって母ちゃんっぽい台詞だよね！」だそうです。

で、私も『鬼滅の刃』を読みはじめると、もう心を揺さぶられて泣きっぱなし。

そして、

「頑張れ!!　人は心が原動力だから、心はどこまでも強くなれる!!」

と吠《ほ》えては、やる気を出していました。

最後に、私の心にいつもある言葉をお伝えして終わります。ルイーザ・メイ・オルコットの格言です。

つらいときも、この言葉を思い出すと、目の前に青空が広がり心が晴れやかになり元気が出てくるのです。

There is always light behind the clouds.

「雲の向こうは、いつも青空」

雲の向こうはいつも青空が広がっています。どんなに困難だと思っていても、進んでいく先に希望を見つけることができると信じています。

おわりに

これからもいろんなことを楽しんでいこう。

そんな日々が当たり前にくるのだと思っていました。自分が思い描いていた未来とは異なる未来がくるとわかってしまったとき、どんな風に気持ちを入れ替え生きていけばいいのか――。これまでも、思い通りにならないことはありましたが、自分が病気になったことでより深く考えるようになりました。

本書では、セラピスト時代の経験と、今の私の経験を書いています。

今、心身ともに苦しんでいたり、悩んでいる人のヒントになったらうれしいです。

また、この筋痛性脳脊髄炎／慢性疲労症候群（ＭＥ／ＣＦＳ）という病気が、どんなものかということを同病の方が説明することは困難だと思います。少しでも、同じ病気に悩む方のお役に立てたらという気持ちも込めて本書を書きました。

生きていると、うれしいときも悲しくて逃げ出したいときもあります。でも、どんなときもどんな自分も肯定し、世界で一人しかいない自分を大切にして生きてほしいと思っています。

私はほぼ寝たきりですが、本を通して出会ってくださった方を応援したい、文章を通して抱きしめたい、笑いや元気を届けたいと思っています。私自身も本の中の言葉によって救われたり、いろんなことを教えてもらってきたひとりだからです。

今回このように本を書く素晴らしい機会をくださった青春出版社の小澤社長、いつも体のことを気にかけてくださり笑顔になるやりとりで元気をくださった担当編集者の宮島菜都美さん、本の制作に携わってくださった皆さん、本当にありがとうございます。夢であった本を書き、出版することができたのは出会ってくださった方々のおかげです。

ひとつの本をつくることはお互いに信頼し尊敬し合えるチームであるということや、文章を書くことの面白さを今まで以上に知り、経験することができました。出会ってくださった方々や友人の応援があり、病気になった今も自分らしく書くことを楽しむことができています。ありがたく感謝の気持ちでいっぱいです。

ありがとうございます。

そして可愛さで癒やしてくれる愛犬のロビン。

私がどんな状態でも絶対に味方でいてくれ、惜しみない愛情を全力で伝え、行動してくださる夫、のねじさん。

やさしくてしなやかな強さを持ちながら、天然で可愛い娘、りぃり。あなたは、心から尊敬している人であり、私の宝物です。毎日生きる元気と笑顔をくれてありがとう。

家族みんなのおかげで私は今こうして笑って生きています。

感謝の気持ちしかありません。ありがとうございます。

どんなにつらくても諦めないことの大切さを家族から教えていただきました。

最高で最強な家族だと思っています。

そして、こんなにたくさんの本の中から、この本を手にとってくださり、読んでくださった皆様に心から感謝しております。ありがとうございました。

みなさんの毎日が、あたたくやさしい笑顔で溢れる日々でありますように。

心から感謝の気持ちを込めて。

横山小寿々

解説——慢性疲労症候群とは何か？

ナカトミファティーグケアクリニック院長　中富康仁

●「慢性疲労」と「慢性疲労症候群」とは別物

現代人は常に疲れているものかもしれません。しかし、「筋痛性脳脊髄炎/慢性疲労症候群」はこのような「慢性疲労」とは全く異なります。厚生労働省の診断基準では、休んでも疲れがとれず、かつ、その状態が6カ月以上続いた状態が慢性疲労症候群です（本文に揃え、ここでも慢性疲労症候群という呼び名で論を進めていきます）。

ふつう慢性疲労なら3日も休めばたいてい元気になるでしょう。しかし、慢性疲労症候群ではたとえ十分な休養や睡眠をとっても回復しません。疲労のレベルも日常生活が送れないほどで、また、疲労以外にも微熱や、筋肉痛・関節痛、睡眠障害、記憶力や認知力の低下、鬱などさまざまな症状をともないます。しかも、患者さんによっては疼痛《とうつう》がなかったり、微熱がなかったりというように、現れる症状も人によって異なる難しい病気です。

病状においても個人差が大きく、近くの図書館へ行ってそこで半日ほど過ごせたりする人がいるいっぽうで、車椅子でなければ移動できない方、寝たきりという重症の方もいます。

日本人の0・3％前後、約37万人が罹患しているとされ、あらゆる年齢層に見られます。平均発症年齢は30代、最多年齢は40代。女性のほうが男性よりも有病率が多いです。

●原因は不明だが、一定の傾向はある

原因はわかっていません。しかし、研究の結果、患者さんの神経、免疫、内分泌の機能低下がおこっていることがわかってきており、とくに「司令塔」である脳の機能低下によって、病気の多彩な症状が引きおこされていることがわかってきています。

ところで、私のクリニックでも新型コロナウイルス感染症に感染したあとに慢性疲労症候群になって来院される方が急激に増えていて、最近では慢性疲労症候群と新型コロナウイルス感染症との関連が取りざたされています。

この2つの関連についてはいまだ解明されていませんが、コロナウイルスによる全身的なダメージの一環として、脳機能の低下がおこっているという報告が相次いでいます。

●症状を改善する方法はあるのか

この病気は治らないものと考えている方が多いようです。しかし、慢性疲労症候群はガンやアルツハイマーのような進行性の疾患（放っておくと悪化の一途をたどる病気）ではなく、よくならない病気ではありません。

最近ではいろいろな治療法が試されていて、たとえば、柴胡剤《さいこざい》、補中益気湯《ほちゅうえっきとう》といった漢方薬や、ビタミンB群、ビタミンCなどのビタミン剤がよく使われます。ただ、この方法が誰にでも効くわけではありません。漢方も患者さんの状態に応じたものを選ぶのが重要で、患者さん個人の症状やそのときどきの体調によっては効かないケースもあるのです。

医師に相談しながら、自分に合ったものが見つかるまで医師と二人三脚で一つひとつ試していくくらいのつもりで、病気と向き合うことが大切です。

和音療法に取り組んでいる専門家もおられます。サウナ治療室で深部体温を上げることが有効な方もおられます。

また、認知行動療法と段階的運動療法は、改善効果がはっきりと証明されている治療ですが、誤解も多く、また熟練した専門家でないとうまくいかないことがあります。慢性疲労症候群では今の自分に適した活動レベルを知って、それを守って暮らすことがとても重要になり、この2つの療法はその手助けとなるでしょう。

慢性疲労症候群と鬱状態は関連が深く、鬱状態を改善するだけでも、ずいぶんと楽になります。ここ最近では、ＴＭＳという難治性の鬱病に用いる治療が有効であることがわかってきました。抗うつ薬やＴＭＳなど、脳機能を回復させる治療にも効果があります。

しかし、以上の治療にもまして重要になるのが、患者さん自身が病気と上手につき合うこと、そして、それに適した生活を送る努力をすることでしょう。

●避けたいのは、フレイルからの悪循環

一番避けたいのが、寝たきりの日々を続けては起き出して動いて倒れ、また寝たきり状態になるというくりかえし。このくりかえしを続けているうちにひどくこじらせてしまうのです。そこで、寝たきりでいる時間を減らす工夫が何よりも重要です。

寝たきりの時間が長くなると、心肺機能と筋力が低下してフレイル（虚弱）になり、すると、姿勢の保持なども難しくなるため、寝たきりの時間がますます増えます。その結

果、フレイルがさらに進んで、ますます起きられなくなるという悪循環に陥ってしまうのです。

寝たきりの時間を減らすためには、こまめに休憩をとること、つねに余力を残して活動すること、そして、睡眠で回復できる程度の活動量にとどめることです。これらを心がけて生活しているうちに、今の自分に耐えられる活動量や活動のペースが少しずつわかってきて、慣れてもくるでしょう。

また、慢性疲労症候群の方は活動などでダメージを受けたときの回復力が弱いため、疲労が解消されずに蓄積されていきます。「弱い回復力」を助けるための最大のカギが睡眠です。覚醒と睡眠のリズムを安定させることが何より重要です。

そこで、多少つらくても日中はなるべく目覚めたままで過ごし、夜になってから眠る習慣をつけましょう。睡眠をコントロールするすぐれたサプリや薬、漢方薬などもありますので、医師と相談の上で使用するのもおすすめです。

●少ない専門医とつながる方法

健康診断などで特に問題はないのに、疲れがだんだんとれにくくなっていると感じたら、慢性疲労症候群のグレーゾーンにいるかもしれません。できるだけ早めに対策を打つことをおすすめします。まずは睡眠時間・休息時間の確保。それでも疲れが回復せず、倦怠感が消えないのなら、専門家に相談するのもよいでしょう。とはいえ、慢性疲労症候群は専門医がきわめて少ないという問題があります。そのため、多くの患者さんが何軒もの病院を訪ね、数年かかってようやく慢性疲労症候群という診断にたどり着くということも起きています。

それでも、最近では慢性疲労症候群の患者さんの支援団体も次々に生まれています。たとえば、「ＣＦＳ支援ネットワーク」などは医療・福祉関係の方たちを中心としたバランスのとれた団体で、生活指導もしています。この種の団体を活用するのも方法でしょう。

また、近くに専門医がいない場合には、オンライン診療がおすすめです。遠出がつらい方でも自宅で専門医と簡単につながり、病気の相談ができます。私のクリニックでもつい最近、オンライン相談とオンライン診療を開始しました。

ネットや医学書などで調べること自体はよいのですが、それによって自己判断するのは避けたほうが賢明です。慢性疲労症候群以外の病気の可能性があるからです。たとえば、甲状腺機能低下症や糖尿病も激しい疲労感が長期間続きますし、微熱や関節痛はリウマチの症状でもあります。とくに慢性疲労症候群と精神疾患は、脳の病気として密接な関連があります。決して自己判断せず、専門家へ相談することで改善するケースが少なくありません。

病院では種々の検査などによって別の病気の可能性をすべて消去しきった上で慢性疲労症候群の診断を下します。慢性疲労症候群と勝手に思い込んだら、別の重大な病気が潜んでいたなどということのないように、必ず専門医を受診してください。

●慢性疲労症候群は、実は「身近な病気」

私が診る限り、慢性疲労症候群の患者さんの多くが、発症する前に働きすぎたり、がんばりすぎたりして過労状態に陥っていました。過労はこの病気の最大の引き金です。とくに日本人はいまだにバブル期の名残か、多くの職場で長時間労働が常態化しているようで、約4割もの日本人が慢性疲労を抱えているというデータもあるほどです。働きすぎに加えて、日本人の睡眠時間は平均6・5時間。世界一短いのです。このような環境下では誰もが慢性疲労症候群で倒れる可能性があるといっても過言ではありません。

予防のためには、疲れが抜けにくくなっているように感じたら、その時点で即刻、休暇をとることです。会社と相談するなりして、思い切って1週間なり2週間なり長期間の休暇をとりましょう。休みがとりづらい事情もわかりますが、病気になったら元も子もありません。

そして、日中受けたダメージから体を回復させてくれるのが睡眠。1日に必要な睡眠時間は7、8時間。この睡眠時間をコンスタントに確保するように心がけましょう。翌日のパフォーマンスも上がるはずです。

回復力には個人差があります。旺盛な回復力の持ち主もいれば、少しのダメージでも回復するのに時間がかかる人もいます。ですから、たとえタフな同僚が休日返上で働き続けていても、自分のキャパシティに合わせて休むときは休むことです。もしあなたが自分の健康を、そして、自分自身を守りたいのなら。

著者紹介

横山小寿々　作家。静岡県出身。幼い頃から体力に自信がなく、体質改善のために、ボディケア、アロマセラピーなどを学ぶ。学んだ知識を実践することで体がラクになった経験から、不調に悩んでいる方のサポートを決意。ボディケア・メンタルケアを行うカウンセリングケアルーム「心の葉～ konoha ～」を開業し、多くの人の心と体のケアをしてきたが、ある日突然、筋痛性脳脊髄炎/慢性疲労症候群になり、ほぼ寝たきり生活となる。病気と向き合いながら、SNSをメインに執筆活動を開始。心に響くあたたかい言葉が話題となる。「陽向晃央」名で、夫と二人で小説も執筆中。

奇跡《きせき》を、生《い》きている

2023年１月30日　第１刷

著　　者　横《よこ》山《やま》小《こ》寿《す》々《ず》

発 行 者　小澤源太郎

責任編集　株式会社 プライム涌光
電話　編集部　03(3203)2850

発 行 所　株式会社 青春出版社
東京都新宿区若松町12番１号 〒162-0056
振替番号　00190-7-98602
電話　営業部　03(3207)1916

印　刷　大日本印刷　　製　本　ナショナル製本

万一、落丁、乱丁がありました節は、お取りかえします。

ISBN978-4-413-23276-0 C0030